Bianca

Novia por chantaje
Annie West

HARLEQUIN

Editado por HARLEQUIN IBÉRICA, S.A.
Núñez de Balboa, 56
28001 Madrid

I.S.B.N.: 978-84-671-7794-7
Depósito legal: B-42714-2009
Editor responsable: Luis Pugni
Preimpresión y fotomecánica: M.T. Color & Diseño, S.L.
C/ Colquide, 6 portal 2 - 3º H. 28230 Las Rozas (Madrid)
Impresión y encuadernación: LITOGRAFÍA ROSÉS, S.A.
C/ Energía, 11. 08850 Gavá (Barcelona)
Fecha impresion para Argentina: 5.7.10
Distribuidor exclusivo para España: LOGISTA
Distribuidor para México: CODIPLYRSA
Distribuidores para Argentina: interior, BERTRAN, S.A.C. Vélez
Sársfield, 1950. Cap. Fed./ Buenos Aires y Gran Buenos Aires,
VACCARO SÁNCHEZ y Cía, S.A.
Distribuidor para Chile: DISTRIBUIDORA ALFA, S.A.

Capítulo 1

ALISSA se bajó del tranvía justo cuando, bajo el plomizo cielo de Melbourne, empezaba a diluviar. No llevaba paraguas. Aquel día el tiempo era la última de sus preocupaciones.

Un trueno rugió tan cerca que por un momento temió que se le abriera la acera bajo los pies. La temperatura había bajado drásticamente en cuestión de minutos y Alissa se estremeció, sintiendo de repente que el frío le llegaba hasta los huesos.

«Es una señal de mal agüero».

Alissa trató de ignorar la voz supersticiosa en su interior. Los meteorólogos llevaban días prediciendo la tormenta y aquello no era más que una coincidencia, se dijo echando a correr.

Había planificado aquella tarde meticulosamente. Nada, ni una tormenta de rayos y truenos ni las dudas que no la dejaban conciliar el sueño por las noches, lograrían detenerla, y menos teniendo en cuenta lo importante que era conseguir lo que deseaba.

Lo único que tenía que hacer era... casarse.

Atarse a un hombre.

Se estremeció de nuevo y se repitió una vez más que la boda había sido idea suya. Que Jason no representaba ninguna amenaza y que el matrimonio sería breve. La vida le había enseñado los peligros de estar en poder de un hombre, y nada podía evitar que sintiera el terror que le helaba las venas cada vez que pensaba en la repetición de aquella posibilidad.

Pero no podía hacer otra cosa. Donna, su hermana, la necesitaba. Y aquélla era su última oportunidad.

Alissa haría cualquier cosa para salvar a su querida hermana pequeña. Ella era la única que podía hacerlo.

Subió las escaleras del gran edificio público donde estaba el registro civil, repitiéndose una y otra vez que todo saldría bien.

Claro que saldría bien. Jason y ella estarían casados seis meses y después se separarían, sin más carga que el dinero que recibirían entonces. El dinero que le salvaría la vida de su hermana.

Sin dejar de correr, entró por la puerta principal al vestíbulo del registro, una espaciosa sala sumida en la penumbra, y tropezó con algo.

—¡Cuidado! —exclamó bruscamente una voz masculina.

Un par de manos enormes la sujetaron por los codos y la apartaron del cuerpo firme y sólido contra el que se había pegado a causa de la inercia. Una sensación de calor la envolvió y Alissa notó que se le aceleraba el pulso al respirar la fragancia masculina que emanaba de las manos que la sujetaban.

Al dar un paso atrás se dio cuenta de que había tropezado con unos zapatos. Enormes, como las manos que la sujetaban con firmeza. Alissa levantó los ojos, y fue subiendo la mirada por la chaqueta cortada a medida, los hombros anchos y fuertes, la mandíbula angular y meticulosamente afeitada. No se le pasó por alto la boca ancha y firme, la nariz larga y recta, entre dos pómulos altos y marcados que le daban un aristocrático aire teñido de desprecio.

Alissa respiró profundamente. El rostro masculino era alargado, duro, arrogante. Con el pelo negro peinado hacia atrás, su aspecto era de una elegancia imposible, pero sus ojos... Alissa se quedó mirando los ojos negro carbón que la contemplaban con expresión de reproche.

No le gustaría estar en la piel de la mujer que sin duda pronto se convertiría en su esposa, pensó ella.

—Perdón... —murmuró cuando logró articular palabra—. Venía corriendo por la lluvia, y no lo he visto.

Silencio.

Las cejas del hombre se unieron formando una expresión de desaprobación.

Alissa se llevó una mano al pelo empapado. Un chorro de agua de lluvia le cayó por la espalda. El traje se le pegaba al pecho, a la espalda y a las piernas. Tenía mojados incluso los dedos de los pies. El frío la hizo estremecer.

¿Qué le pasaba a aquel hombre? ¿Por qué parecía tan molesto con ella, por su aspecto, o porque había tropezado con él?

«Un chicote marimacho y descontrolado».

Las palabras resonaron con tanta fuerza en su cabeza que Alissa dio un salto. Pero lo que oyó era la voz áspera de su abuelo. La fría mirada de un desconocido le había devuelto a la memoria un inesperado recuerdo.

Debía estar más nerviosa de lo que creía para oír la voz de su difunto abuelo desde la tumba.

–Perdone, yo...

–¿Siempre entra así a los sitios, como un torbellino? ¿Sin mirar por dónde va?

La voz era grave, profunda y muy masculina, con
un deje enronquecido que le puso los pelos de punta,
pero esta vez no de temor ni de frío. Era una voz sensual, hecha para seducir a una mujer, con una suave
cadencia que alargaba las vocales.

–No he entrado como un torbellino –protestó ella,
irguiéndose cuan alta era.

Tirando del brazo, se soltó de él. Por desgracia,
apenas le llegaba al hombro, lo que restaba cierta
fuerza a su protesta.

–Le pido disculpas por haberle molestado. Le de-
jaré en paz.

Alissa giró sobre sus talones y se alejó. Sintió la
mirada masculina clavada en la piel desnuda de la
nuca y en el balanceo de sus caderas, pero supo que
no era una mirada de admiración.

Era una mirada penetrante, dura y despectiva.

¿Por qué? No tenía ni idea, pero tampoco iba a
preguntárselo.

Quizá estaba esperando a su prometida y la tar-
danza le había llevado a desahogar su impaciencia
con ella.

Alissa levantó la cabeza y se metió por un pasillo.
Su boda la esperaba y no tenía tiempo para especular
sobre desconocidos.

–¿Que ha dicho qué? –preguntó Alissa atónita con
los ojos como platos.

El empleado de registro se encogió de hombros y abrió las manos.

–Que no podía venir.

¿Cómo que no podía ir? ¡Era su boda! La de Jason y ella. ¿Sería una broma?

No, no podía serlo. Jason estaba tan interesado en el matrimonio como ella. O al menos en el dinero que conseguirían cuando heredaran la finca de su abuelo en Sicilia y después la vendieran. De hecho, Jason aceptó la proposición de una boda de conveniencia en cuanto ella se lo propuso. Sin duda su amigo necesitaba el dinero tanto como ella.

Aquello tenía que ser un error. Probablemente se retrasaría, nada más.

–¿Y qué ha dicho exactamente? –preguntó.

–El señor Donnelly –respondió el hombre detrás del escritorio–, ha llamado hace treinta minutos y ha dicho que no podía venir. Que había cambiado de idea.

Las palabras iban acompañadas de una mirada cargada de curiosidad, pero a Alissa lo que menos le preocupaba era sentirse avergonzada por verse abandonada por su novio al mismísimo pie del altar. La noticia era demasiado devastadora para pensar en sentirse humillada. Era un desastre de escala catastrófica.

Tenía que casarse. Si no se casaba en los próximos treinta días, tal y como exigían las condiciones del testamento de su abuelo, tendría que despedirse de la idea de llevar a su hermana a Estados Unidos para que recibiera el carísimo tratamiento que necesitaba para su enfermedad.

Con una forzada sonrisa en los labios, Alissa respiró hondo antes de preguntar:

–¿Ha dicho algo más?

–No –el hombre no pudo ocultar un destello de curiosidad en la mirada–. Eso ha sido todo.

–De acuerdo, gracias.

Alissa le dio la espalda y sacó el móvil. Con dedos temblorosos marcó el número de Jason, pero estaba comunicando. ¿Habría ocurrido algo terrible, o la estaba evitando? Entonces se dio cuenta de que pudo haberla llamado a ella en lugar de hacerlo al registro, así que sí, la estaba evitando.

¿Qué iba a hacer? El pánico empezaba a impedirle pensar.

–¿Señorita Scott?

La voz del empleado la hizo volverse con anticipación. ¿Habría aparecido Jason?

No. Allí no estaba más que el empleado y, a su lado, el alto desconocido del vestíbulo.

¿Qué hacía allí? Al mirarlo, se encontró con su mirada implacable y desvió los ojos. Aquel hombre la hacía sentir terriblemente incómoda.

–¿Sí? –preguntó ella dando un paso hacia el empleado.

–El caballero desea hablar con usted.

–¿Conmigo?

Alissa se obligó a levantar los ojos hacia el rostro atractivo y arrogante e ignorar el temblor de consternación que la recorrió.

–Si es usted Alissa Scott.

–Sí, lo soy –asintió ella.

–¿Prometida a Jason Donnelly?

–Así es –a Alissa se le secó la boca.

–¿Nieta de Gianfranco Mangano?

Alissa asintió apretando los labios con una mueca de desprecio al recordar a su difunto abuelo, el hombre que tanto la había hecho sufrir.

–Tenemos que hablar.

–¿Le manda Jason? –preguntó ella, con un extraño presentimiento.

El hombre le hizo una indicación para que lo siguiera, pero no la esperó sino que echó a andar hacia el vestíbulo.

–¿Dónde va? –preguntó ella caminando con pasos rápidos tras él.

–Mi limusina está afuera –dijo él–. Allí podremos hablar sin que nadie nos moleste.

Alissa negó con la cabeza. No pensaba meterse en ningún coche con un desconocido, y menos aquel desconocido.

–Podemos hablar aquí –dijo ella alzando la mandíbula.

–¿Quiere hablar de un asunto privado aquí, en un lugar público?

–Ha dicho que quería hablar –insistió ella sin dar su brazo a torcer.

Prefería pecar de cauta que de ingenua.

Dario contempló el rostro ovalado y volvió a sentir de nuevo la reacción física de su cuerpo. A pesar de todo, de su odio hacia la familia Mangano, de su desprecio hacia aquella mujer, no podía ignorar el impacto que tenía en él. Una punzada de deseo se abrió paso en su cuerpo dejando un rastro ardiente como una llama.

Lo mismo había sentido unos minutos antes, al cruzarse con ella en el vestíbulo, y le había sorprendido su intensidad, mucho más incluso que el asco que sentía.

Aquélla era la mujer que había rechazado sus ofrecimientos, que le había rechazado no una sino dos veces, y que se había negado rotundamente a conocerlo personalmente. Aquello era una ofensa de la que necesitaba vengarse. Ninguna mujer le había negado nunca lo que deseaba. Y menos aún tratar de frustrar sus planes aliándose con el tal Jason Donnelly para evitar que él consiguiera lo que era suyo por derecho.

La mujer lo quería todo para ella. Si hubiera planeado casarse por amor, lo entendería, pero aquello era un intento frío y calculador de arrebatarle lo que era suyo. El *castello* siciliano que el abuelo de la mujer había robado a la familia de Dario.

Respiró profundamente, tratando de contener el odio.

Aquella mujer representaba todo lo que él despreciaba. Desde su más tierna infancia había tenido a sus pies una vida de dinero y lujo que sin embargo ella echó a perder entregándose a un frenesí de drogas, sexo y alcohol. Hasta el punto de que llegó un momento cuando ni siquiera su abuelo quiso saber nada de ella.

Dario sólo sentía asco hacia ella, y sin embargo...

La piel clara y pálida, los ojos azules y grandes, los labios sensuales y carnosos, las curvas voluptuosas en el cuerpo pequeño... En conjunto formaba un todo armonioso y femenino que resultaba demasiado atractivo y que provocaba en él reacciones indeseadas.

Eso lo enfurecía. Aquello no estaba en sus planes. Dario había trabajado mucho para conseguir lo que tenía, y no tenía paciencia con los que se interponían en su camino.

–Lo que tengo que decirle no es para consumo público –dijo él y respiró profundamente tratando de bloquear la delicada y embriagadora fragancia femenina que estaba causando estragos en su capacidad de concentración–. Vamos, encontremos un lugar más adecuado para esta conversación –añadió.

Sin esperar la respuesta, cruzó el vestíbulo y abrió un par de puertas hasta que encontró un despacho que parecía desocupado. Manteniendo la puerta abierta, esperó a que ella entrara primero.

Cuando Alissa pasó delante de él y avanzó al interior del despacho, los ojos masculinos recorrieron el cuerpo escultural y se detuvieron un momento en el suave balanceo de las caderas y las nalgas redondeadas y firmes que se adivinaban bajo la falda ceñida. Después continuaron descendiendo hacia abajo, hacia las piernas largas y torneadas.

–¿Dónde estamos? –quiso saber ella–. ¿Tenemos autorización para estar aquí?

–Necesitamos un poco de privacidad –dijo él–. Es lo único importante.

Alissa decidió no protestar. Lo mejor sería aceptar la situación para entender cuanto antes lo que estaba ocurriendo.

–Su novio...

–¿Qué le ha pasado? ¿Lo ha visto? ¿Ha visto a Jason?

Había preocupación en su voz, sin duda. Quizá no fuera únicamente un matrimonio de conveniencia, se dijo Dario.

Dario recordó el rostro atractivo pero sin personalidad de Jason Donnelly. ¿Sería la clase de hombre que la atraía? La idea le resultaba inquietante. No tenía ningún interés en descifrar las debilidades de aquella mujer, excepto para explotarlas a su favor.

–Lo he visto esta tarde.

–¿Está bien? ¿Le ha ocurrido algo?

–No le ha ocurrido nada. Su querido Jason Donnelly está perfectamente, aunque me temo que ya no es su querido Jason.

Dario la vio fruncir el ceño con preocupación, y sintió una profunda satisfacción. Ahora era él quien tenía la sartén por el mango, y ella no podía hacer nada más que aceptar lo que él quisiera.

–No lo entiendo.

–El señor Donnelly ha decidido que no desea casarse con usted.

Alissa abrió desmesuradamente los ojos.

–¿Pero por qué? –preguntó perpleja, sin entender nada–. ¿Y por qué no me lo ha dicho él personalmente? ¿Por qué ha tenido que mandar a un desconocido?

–A mí no me ha mandado él. He venido por voluntad propia –le aseguró él mirándola fijamente a los ojos.

Alissa hundió los hombros y se apoyó en el escritorio.

–Por favor, ¿puede decirme de una vez qué es lo que está pasando?

–El señor Donnelly ha tenido una oferta más sustanciosa, una oferta que le ha resultado imposible rechazar.

–¿Una oferta de qué? –preguntó ella sin comprender.

–De dinero, por supuesto. El lenguaje que mejor entienden los dos –declaró él deteniéndose delante de ella con las manos en los bolsillos.

Los labios femeninos se entreabrieron con estupor, dejando atisbar la punta rosada de la lengua.

Dario frunció el ceño. Incluso así, con aquel gesto de incredulidad, la boca carnosa era toda una tentación. Sintió una punzada de deseo, pero rápidamente apretó la mandíbula. Sentirse atraído por aquella mujer no estaba en sus planes. Sus principios no se lo permitían.

–¿Dinero para hacer qué? –preguntó ella incorporándose, con las manos en las caderas y la barbilla alta, en gesto beligerante–. ¿Y quién le ha hecho esa oferta?

Dario se permitió una sonrisa de íntima satisfacción.

–Yo. Le ofrecí dinero suficiente para que olvidara sus planes de casarse con usted.

La verdad era que había sido ridículamente fácil. Si Donnelly y aquella mujer eran amantes, no existía ni un atisbo de lealtad entre ellos. Donnelly había aceptado el dinero encantado, así como la sugerencia de comunicárselo únicamente dejando el mensaje en la oficina del registro.

Las mejillas femeninas se ruborizaron y los ojos azules brillaron con una intensidad nueva.

–¿Por qué lo ha hecho? –dijo ella dando un paso hacia él, mirándolo directamente a los ojos, sin dejarse intimidar.

A Dario le impresionó su valentía. Pero ella todavía no sabía quién era.

–Porque se interponía en mis planes –dijo Dario–. Porque en lugar de casarse con él se casará conmigo.

Capítulo 2

¡HABLABA en serio!

Alissa se estremeció y se rodeó el cuerpo con los brazos, mirando con incredulidad al apuesto desconocido que acababa de dar un vuelco a sus planes. Sintió que el mundo se hundía bajo sus pies.

–¿Quién demonios es usted? –preguntó en un susurro apenas audible.

–Me llamo Dario Parisi.

Las palabras del hombre resonaron en su cabeza como una sentencia de muerte. ¿Por qué no lo había adivinado antes? El ligero acento italiano, el rostro atractivo, la actitud arrogante, aquel aire de discreta elegancia que sólo daba el dinero, el odio en los ojos oscuros.

¿Pero quién iba a pensar que el italiano iría hasta el otro extremo del mundo para enfrentarse a ella personalmente? Siempre había sido muy insistente, pero ahora parecía estar obsesionado.

Alissa se mordió el labio. Ya sabía que aquel hombre no tenía sentimientos ni compasión. En el mundo de los negocios tenía reputación de cruel e implacable, y en el del amor era conocido por la interminable lista de mujeres hermosas que habían pasado por su vida.

–Me alegra ver que recuerdas mi nombre, Alissa –dijo él tuteándola con sarcástica familiaridad–. Creía que quizá lo habías olvidado.

¿Cómo podía olvidarlo? Su abuelo se había empeñado en casarla con él, y lo había intentado de todas las maneras, desde alabando sus virtudes hasta amenazándola con todo tipo de castigos si no obedecía a sus deseos. Con un estremecimiento, apretó los labios y se irguió cuan alta era.

–Podías haberme dicho tu nombre desde el principio –dijo ella sin apartar los ojos de la mirada acusadora clavada en ella–. ¿Qué esperabas, que me desmayara al darme cuenta de que estaba en tu presencia?

El hombre frunció el ceño y Alissa sintió una pequeña satisfacción.

–Aunque no me sorprende que recuerdes el nombre del hombre con el que tenías que haberte casado en vida de tu abuelo –dijo él ignorando por completo sus palabras.

–Yo nunca...

–Ya lo creo que sí, Alissa –dijo él, pronunciando su nombre con una cadencia que en sus labios sonó como una lenta caricia–. El trato estaba cerrado.

–No por mí –protestó ella mirándolo con fuerza en los ojos–. Seguro que la opinión de la novia tiene que contar para algo en esas circunstancias.

–No necesariamente –rebatió él con un encogimiento de hombros, en un gesto puramente italiano.

¿Cómo que no necesariamente? ¡Qué arrogante! Aunque aquella actitud resumía perfectamente su carácter machista, manipulador y dominante, a pesar de que todavía rondaba los treinta años. ¿Qué tenía Sicilia para producir hombres como él, machos arrogantes que parecían ser todo testosterona?

–En este siglo, las mujeres opinan sobre las bodas igual que los hombres –le recordó ella–. Y yo no quería casarme contigo.

Unos destellos helados endurecieron los ojos negros del hombre.

–¿Creías que yo quería casarme contigo? –repitió él con desprecio–. ¿Crees que me gusta la idea de casarme con una Mangano? ¿De casarme con una mujer de sangre impura? ¿Una loca irresponsable y caprichosa que...? –se interrumpió y contuvo su rabia–. Sabes perfectamente por qué acepté el matrimonio. Y no tiene nada que ver con el deseo de tener una esposa como tú.

Alissa se sentía en total desventaja, apaleada por la fuerza misma de la personalidad masculina, pero respiró profundamente y, secándose las palmas de las manos en la falda, trató de mantener la compostura.

–No, tú querías el *castello* siciliano que yo aportaría como dote al matrimonio. Un *castello* en ruinas y unos viñedos.

Era increíble que Dario Parisi, un magnate con una importante fortuna personal, estuviera dispuesto a un matrimonio de conveniencia con una mujer a la que no conocía, colaborando incluso con Gianfranco Mangano, un hombre al que detestaba profundamente. El sentimiento de desprecio era mutuo, pero los dos hombres se habían utilizado mutuamente para llevar a cabo sus planes.

–No puedo creer que hayas comprado a Jason para apartarlo de mí –dijo ella apartándose de él. Necesitaba alejarse de su cercanía y de la fuerza de su presencia–. Ha debido costarte un dinero.

–No ha costado mucho tentar a tu novio. Es evidente que el señor Donnelly no estaba tan interesado en tus encantos como para continuar con el trato.

¡Sus encantos! ¿Tan ciego era que ni siquiera se había dado cuenta de que Jason era homosexual?

–¿Has venido desde Sicilia para impedir mi matrimonio? Mucho tienes que odiar a los Mangano –dijo ella.

Él se encogió de hombros.

–Tu familia robó a la mía, la traicionó, la engañó, arrebatándole no sólo el hogar familiar sino las oportunidades que debían haber sido mías. ¿Alguna vez lo has pensado mientras disfrutabas de tu acomodada vida de niña rica? –preguntó él con rabia.

Alissa abrió la boca para decirle que su vida no había sido una vida acomodada, y mucho menos una vida de lujo, pero él no la creería. Dario había visto la casa de su abuelo, la más grande e imponente de todo el distrito de Victoria. Sólo creería lo que querría creer.

Igual que todo el mundo, que quisieron creer que Gianfranco era un abuelo devoto que cuidaba de sus nietas y les daba todo tipo de lujos y comodidades. Era mucho más fácil que intentar descubrir y aceptar la verdad de que aquel pilar de la sociedad era un sádico avaricioso que gastaba una fortuna para recibir a dignatarios y aumentar su prestigio, pero que no le temblaba la mano al sentenciar a sus nietas a una semana de pan y agua por la mínima desobediencia.

–¿Y bien? ¿No tienes nada que decir?

Alissa lo miró pensando que ella no tenía la culpa

de que Dario Parisi se viera atrapado en la destruc-
tora venganza entre dos familias.

—Yo no soy responsable de las acciones de mi
abuelo.

—¿O sea que reconoces que hizo mal?

Alissa apretó los labios al recordar los delitos de
Gianfranco. Los recuerdos eran tan vívidos que le
temblaban las manos.

—Mi abuelo hizo muchas cosas que estaban mal.
Quizá ahora esté pagando por ellas —dijo ella, recordando el temor de su abuelo a la llegada de la muerte,
hasta el punto de dejar toda su fortuna a la Iglesia,
tratando de expiar así una vida de pecados. Toda su
fortuna excepto el *castello* siciliano, que había utilizado para intentar manipularla una vez más —. No esperes que yo cargue con sus remordimientos.

—¿Puedo ayudarlos?

Una voz dura y fría la hizo volver la cabeza. Una
mujer enfundada en un traje de chaqueta azul marino
los miraba desde la puerta abierta con expresión se-
ria. Alissa abrió la poca para disculparse, pero Dario
se le adelantó.

—Discúlpenos, señorita, no deberíamos estar aquí,
lo sé —dijo levantando los hombros y abriendo las
manos con una amplia sonrisa en la cara.

Incluso desde donde estaba, Alissa se dio cuenta
de que la sonrisa era espectacular. Una sonrisa que
transformaba la expresión arrogante y autocrática
que ella había visto en una expresión cálida, atractiva
y profundamente sexy.

Incluso en sus ojos brillaba la cálida y cándida disculpa.

Parecía otro hombre. Otro hombre con el que debía tener cuidado.

Por lo visto la funcionaria no pensó lo mismo. Su expresión de dureza se transformó en una sonrisa comprensiva mientras que él le explicaba que su prometida y él necesitaban intimidad para hablar de un asunto personal.

¡Era increíble! Incluso la mirada que le dirigió parecía confirmar que aquello no era más que un leve malentendido entre enamorados.

–No, no, no se disculpe. Ya nos vamos –Dario miró a Alissa y la sujetó por la espalda–. Vamos, cariño.

Alissa se dejó llevar, notando el calor de la palma masculina en la espalda y sintiendo la cercanía del cuerpo alto y fuerte casi pegado a ella.

Tenía que estar perdiendo la razón.

En cuanto salieron del edificio, él la llevó hacia una limusina que esperaba en una zona de prohibido aparcar. El chófer, a pesar de ir enfundado en un traje de corte exquisito, parecía más un guardaespaldas que un conductor.

–No pienso montarme en eso.

Y menos con Dario Parisi.

–Tenemos cosas de qué hablar –le recordó él recuperando una vez más su tono amenazador, aunque la expresión de su rostro era tranquila–. Lo sabes. Esto no ha terminado.

Desafortunadamente, Dario tenía razón. A Alissa le hubiera encantado alejarse y no volver a verlo más, pero eso no iba a ocurrir.

–Está bien –se detuvo y pensó rápidamente–. A

dos manzanas de aquí hay una cafetería decente. Allí podremos hablar.

Él la contempló en silencio como si fuera un espécimen único. Probablemente era una de las pocas personas que se había atrevido a llevarle la contraria.

–De acuerdo. Vamos.

Dario se detuvo un momento a hablar con el chófer y después la siguió por la acera.

«Te casarás conmigo». Las palabras del Darío resonaron en su cabeza una vez más. ¿Sería verdad que había ido a Australia para casarse con ella?

La sola idea le provocó un estremecimiento helado y encogió los hombros, como tratando de protegerse.

Casarse con Dario Parisi, precisamente el destino contra el que tanto había luchado.

Y lo caro que lo había pagado, durante todo el último año que vivió en casa de su abuelo. Tenía que haberse ido mucho antes de allí, pero se sintió obligada a quedarse hasta que Donna cumpliera la mayoría de edad y pudieran dejar la casa juntas. Nunca dejaría su hermana pequeña sola con su abuelo.

Con gesto ausente se frotó la muñeca, recordando la reacción de Gianfranco cuando ella rechazó la propuesta de matrimonio.

–Te estás mojando.

La voz grave envolvió sus pensamientos y la devolvió al presente. Dario caminaba a su lado, con un enorme paraguas que los cubría a los dos, y ella notaba el calor de su cuerpo a sólo unos centímetros del suyo, casi rozándole el brazo, el hombro, la cadera, el muslo.

A Alissa se le aceleró el pulso, y al darse cuenta ella aceleró el paso. No le gustaba la falsa ilusión de intimidad y protección bajo el paraguas.

–Gracias –se obligó a murmurar ella por fin–, por el paraguas.

Entonces él la miró. En el brillo de sus ojos ya no había rabia ni impaciencia, pero su expresión le cortó el aliento. En los ojos negros había especulación y algo que parecía casi como deseo y posesión.

¡No! Bruscamente ella volvió la cabeza hacia el otro lado.

–Es aquí –dijo casi con desesperación al llegar a la cafetería.

Y sin esperarlo, se metió bajo el toldo y abrió la puerta.

Dario sacudió el paraguas y la siguió al interior. La vio hablar brevemente con el camarero y sentarse de espaldas a la pared. Su actitud indicaba que se sentía amenazada, lo que era muy sensato por su parte.

Él dejó el paraguas junto a la puerta y, con un gesto de asentimiento al camarero, cruzó la sala hacia ella, que lo miraba con los ojos muy abiertos.

Era evidente que Alissa nunca se había molestado en saber cómo era él físicamente, y que al verlo se había llevado una sorpresa. Aunque ella tratara de disimularlo, era evidente que sentía un claro interés por él. Dario conocía aquel tipo de mirada en los ojos femeninos desde su adolescencia.

Arrastró una silla y se sentó en la mesa frente a

ella. Estiró las piernas y al hacerlo rozó las de ellas, hasta que ella las apartó como si quemaran.

¿En qué estaba pensando? Cierto, era guapa, pero no era su tipo de mujer.

–Un expreso –murmuró Dario al camarero que se acercó a la mesa, y después miró a Alissa–. Y...

–Un chocolate caliente.

Al oírla, Dario arqueó las cejas sorprendido.

–No necesito más estimulantes –murmuró ella.

¿Por qué? ¿Habría tomado algo más fuerte para enfrentarse al día? Pero no, la joven estaba totalmente sobria. No había nada en ella que indicara consumo de drogas.

–Sólo quiero calentarme.

Dario se dio cuenta de que estaba pálida. ¿Debido a qué? ¿Al estrés? ¿O a perder la oportunidad de hacerse con una fortuna? No sintió ninguna compasión por ella.

Apoyándose en el respaldo del asiento, estiró las piernas y se metió las manos en los bolsillos.

El silencio se hizo más tenso. Dario no tenía prisa por romperlo. Sabía cómo utilizarlo para enervar a su adversario.

Sin embargo, ella parecía tranquila. Sentada con la columna recta y la cabeza erguida, lo miraba sin parpadear. Su actitud despertó el interés de Dario. No era una mujer que se dejara intimidar fácilmente. Eso le sorprendió.

El camarero dejó las bebidas sobre la mesa y Dario vio cómo Alissa sujetaba la taza con las dos manos y se la llevaba a la cara. También la vio cerrar los ojos y aspirar el vapor humeante que ascendía desde la taza y dejar escapar un suspiro de placer. Un suspiro que consiguió provocar en él una respuesta inesperada en el bajo vientre.

No. Aquello no debía suceder. No con ella. Porque podía imaginar los labios femeninos moverse bajo los suyos, suspirando por un tipo de placer diferente mientras sus manos delgadas y esbeltas lo acariciaban...

–¿Piensas decírmelo ahora o te gusta intentar intimidarme? –preguntó ella en voz baja.

Aquellos ojos del color del mar en un día sin nubes se clavaron en él y su boca esbozó una sonrisa que traicionaba su actitud a la defensiva. Alissa era una luchadora nata, de eso empezaba a estar totalmente seguro.

–Ya sabes por qué estoy aquí.

–El *castello* en Sicilia.

–El *castello* Parisi –la corrigió él.

–Lo quieres –dijo ella en un tono que no revelaba nada.

–¿Lo dudas?

Ella negó con la cabeza.

–No. Estuviste mucho tiempo detrás del abuelo para intentar hacerte con él a toda costa.

–A tu abuelo le ofrecí mucho más dinero de lo que vale por recuperar lo que es mío por derecho –protestó él echándose hacia delante y apoyando los brazos en la mesa–. Él arrebató a mi familia lo que había sido su hogar durante generaciones.

El calor que le hacía arder el cuerpo y la cara no tenía nada que ver con el deseo sexual, sino con su orgullo herido y su deseo de justicia.

Hasta que el *castello* estuviera en sus manos y volviera a ser la joya de la corona de la fortuna Parisi, todos sus éxitos profesionales estaban vacíos. El *castello* era su hogar, su pasado, la familia que ya no tenía. Dario había prometido a su padre en su lecho de muerte que lo recuperaría, y nada le haría incumplir la promesa.

—Me conozco la historia —dijo ella despacio—. Gianfranco lo compró cuando tu familia pasó por dificultades económicas, con la promesa de vendérselo de nuevo cuando se recuperaran.

—Lo compró por una décima parte de su valor —masculló él con rabia—. ¿También te contó que fue él quien nos arruinó? ¿Que fue él quien ideó los planes para destruir a la familia que en otra época había llamado amiga? —Dario no esperó la respuesta—. ¿Te haces idea de lo mucho que me repugnaba negociar con él? Hubo un tiempo en el que se lo hubiera arrebatado sin miramientos.

—¿A la fuerza? —Alissa miró a los ojos gris metálico y no vio ni un atisbo de calor. La mirada era fría como un glaciar y en ella había un odio que causaba estremecimientos.

—Soy un hombre que respeta la ley —declaró Dario Parisi, aunque su expresión no pudo ocultar lo mucho que hubiera disfrutado infringiendo una severa venganza personal contra su abuelo.

Eran iguales. Sí, por mucho que les pesara, Dario y su abuelo eran iguales, pensó Alissa, confirmando las sospechas que había tenido desde siempre.

Por eso Gianfranco estaba tan empeñado en que se casara con aquel desconocido. Porque quería tener la satisfacción de ver a un miembro de la familia de los Parisi casado con su nieta. El enfrentamiento entre ambas familias se remontaba a cuando un Parisi dejó plantada a la hermana de Gianfranco prácticamente a los pies del altar, hecho por el que su hermano siempre deseó vengarse.

Pero también porque...

–Él te metería en vereda, muchacha –las palabras de su abuelo resonaron de nuevo en su mente–. Eso es lo que te hace falta, un buen marido siciliano de los de antes, que sepa cómo tratar a una mujer.

Alissa se estremeció.

–¿Qué es eso? –preguntó ella por fin cuando lo vio sacar un documento del bolsillo y abrirlo sobre la mesa.

–Tienes que rellenarlo para que podamos registrarlo hoy –dijo él sacando también una pluma del bolsillo y dejándola en la mesa junto al documento.

¿Qué querría que firmara? Ella no podía venderle el *castello*, eso lo sabía. Según se estipulaba en el testamento, tenían que pasar al menos seis meses antes de que se pudiera poner a su nombre.

Alissa se echó hacia delante y leyó el título del documento.

Notificación de intención de matrimonio.

Al leer aquellas palabras sintió que se quedaba sin respiración. Había firmado un documento igual que aquél cuando preparaba su boda con Jason. Pero esta vez los nombres eran diferentes.

Alissa Serena Scott y Dario Pasquale Tommaso Parisi.

Capítulo 3

N O PUEDES hablar en serio! –exclamó Alissa, aunque en el fondo sabía que Dario estaba totalmente decidido a casarse con ella.

O mejor dicho a casarse con el *castello* Parisi.

Vencida, se dejó caer hacia atrás y se apoyó en el respaldo de la silla. Tras años luchando contra las manipulaciones de su abuelo, ¿se vería ahora obligada a casarse con Dario Parisi y poner a la aristocrática familia Parisi en la tesitura de tener que aceptar a una Scott en su seno?

–Esa muestra de vulnerabilidad femenina es encantadora –murmuró él con voz grave y profunda–, pero puedes ahorrártela. Esto podía haber sido muy fácil, pero tú te empeñaste en elegir el camino más complicado.

Alissa levantó la cabeza.

–¿Me culpas a mí de esto?

–Podíamos habernos casado hace unos años, cuando acepté la propuesta de Gianfranco –repuso él con una frialdad letal.

La propuesta de su abuelo, pensó ella. Dario sólo aceptó la sugerencia después de que Gianfranco Mangano rechazara en reiteradas ocasiones sus ofertas de comprar el *castello* siciliano que había pertenecido a sus padres. Gianfranco había jurado que un Parisi sólo podría recuperar el *castello* si se casaba con su nieta.

Alissa se había negado en redondo, y había pagado un alto precio por ello.

Con gesto ausente Alissa se pasó un dedo por la muñeca, un gesto nervioso que interrumpió bruscamente al sentir los ojos de Dario clavados en ella.

–Supongo que entonces no tenías tanta necesidad de dinero –dijo él–. Tu abuelo podía consentirte todos los caprichos.

–O quizá simplemente me negué a casarme contigo porque no me interesabas como marido –dijo ella apoyando las manos en la mesa, cansada de sus ofensivas indirectas.

–Nuestro matrimonio no será la consumación de un amor romántico, es una cuestión de conveniencia. De no ser así, jamás habría contemplado la idea de casarme con una mujer como tú –repuso él esbozando una media sonrisa que a ella le provocó un escalofrío.

Aquél era Dario Parisi, un hombre duro y cruel que la tenía entre la espada y la pared y que había esperado mucho tiempo para conseguir hacerse con la propiedad que quería. Y de paso con ella.

–Deberías haber aceptado la oferta que te hice tras la muerte de tu abuelo –continuó él–. Matrimonio, un rápido divorcio y una generosa cantidad de dinero por tu parte del *castello*.

Pero entonces ella no quería saber nada de las propiedades de su abuelo. Y por eso, cuando su abogado le comunicó la segunda propuesta de Dario tras la muerte de Gianfranco Mangano, ella la rechazó inmediatamente.

–Entonces el *castello* no me interesaba –murmuró ella.

–No, seguramente porque pensaste que podrías impugnar el testamento y heredarlo entero, sin el inconveniente de compartirlo conmigo –dijo él–. La codicia corre por las venas de tu familia.

–¡Vaya quién fue a hablar! –exclamó ella echándose hacia adelante–. Tú, un hombre que es capaz de hacer cualquier cosa para conseguir el *castello*.

Estaba tan cerca de él que vio la textura lisa de la piel masculina y respiró el viril olor de su cuerpo.

Demasiado cerca, le advirtió a gritos una voz en su interior, al notar que todos sus sentidos cobraban vida de repente y el corazón se le aceleraba incomprensiblemente.

Sin tiempo para reaccionar, un par de enormes manos le sujetaron las suyas, aprisionándolas contra la mesa y sujetándole las muñecas con los dedos.

–Sin duda también has heredado el odio contra mi familia. Sé que tu intención era quedarte con lo que me pertenece.

Alissa negó con la cabeza.

–No, yo no quería dinero.

Hasta que supo que Donna necesitaba ayuda.

–No mientas –dijo él mirándola a la cara y sin aflojar los dedos. Cualquiera hubiera pensado que eran amantes–. Tuviste que llevarte un buen disgusto cuando te enteraste de que Gianfranco había dejado casi toda su fortuna a la Iglesia y a obras de caridad. Supongo que te peleaste con él.

–Más o menos.

Dario sacudió la cabeza.

–Conozco tus... hábitos. No son baratos –dijo con gesto endurecido–. Aunque parece que últimamente te has moderado un poco, tu historial con drogas de diseño pone de manifiesto que tienes gustos muy caros.

Alissa lo miró con ojos desorbitadamente abiertos. ¿Dario Parisi estaba enterado de eso? Sintió que se le contraía el estómago y notó el amargo sabor de la bilis en la boca. ¡Aquel hombre conocía su pasado, sentía un profundo desprecio hacia ella y aun con todo quería casarse con ella!

Tan fuerte era su deseo de hacerse con el *castello*.

Mirándolo a los ojos, quiso decirle que ella jamás había probado ninguna droga, que era inocente de todas las acusaciones que se habían vertido contra ella, pero no podía. Sólo una persona conocía la verdad. La persona que ella había prometido proteger, incluso a costa de su propia reputación. Por eso se echó la responsabilidad sobre sus hombros y cargó con la culpa. Ya era demasiado tarde para cambiarlo. Además, Dario Parisi era tan poco imparcial que jamás la creería.

–Me has investigado –dijo ella sin alzar la voz.

–Por supuesto –repuso él–. Aunque sea para recuperar lo que es mío por derecho, jamás me casaría sin conocer a mi futura esposa.

Alissa se sentía atrapada en una situación que empezaba a desbordarla y luchó contra la sensación de claustrofobia que amenazaba con apoderarse de ella. Intentó zafarse de sus manos, pero él la sujetaba implacable.

–¿Por qué has esperado hasta hoy para comprar a Jason? –preguntó indignada.

–Mi equipo se puso en contacto con él en cuanto solicitasteis la licencia de matrimonio.

Entre la presentación de la solicitud de matrimonio y la boda tenía que pasar obligatoriamente un mes.

–¿Me estás diciendo que tenías organizado todo esto desde hace un mes? –preguntó ella atónita.

–No podía dejar nada al azar –repuso él sin inmutarse–. Mientras pensaras que ibas a casarte con él, yo conocía exactamente cuáles eran tus planes.

–Y así me has dejado sin opciones –dijo ella–. Para heredar el *castello* tengo que casarme en menos de un mes, y en Australia hay que solicitar el permiso con un mes de tiempo. Lo que significa...

–Que no te quedan más opciones –dijo él con una sonrisa que no le llegó a los ojos–. A menos que tengas otro novio guardado debajo de la manga –Dario le acarició insolentemente la muñeca con el dedo–. ¿No tienes a nadie más dispuesto a firmar un documento como éste –señaló con la cabeza los documentos extendidos sobre la mesa–, antes de que termine el día de hoy?

–Eres un manipulador y un arrogante...

–Por favor, por favor, Alissa. ¿Ésa es forma de hablar al hombre que puede darte lo que más deseas?

La mirada masculina la recorrió con una provocadora arrogancia que fue la gota que colmó el vaso.

–¡Quítame las manos de encima ahora mismo! –exclamó ella sin alzar la voz, pero sin contener su rabia.

Él arqueó las cejas, y aflojó los dedos. Alissa deslizó las manos hasta el regazo e intentó ignorar el calor de la piel masculina en su piel.

Su único deseo era levantarse y salir de allí, sola, y no volver a ver el atractivo rostro de Dario Parisi ni escuchar su voz sexy y burlona.

Pero ella vivía en el mundo real, y tenía responsabilidades de las que no podía huir.

—Según las condiciones de testamento, tendré que vivir con mi esposo durante seis meses antes de que heredemos conjuntamente.

Él asintió.

—Nos divorciaremos en cuanto el *castello* sea nuestro. Entonces me venderás tu parte al precio actual del mercado, por supuesto —dijo él, hablando como si fuera una transacción económica rutinaria y no un matrimonio.

Ante la idea de vivir con Dario Parisi a Alissa se le aceleró el corazón. ¿Sería capaz de vivir con un hombre que la miraba con tanto desprecio, pero cuyo contacto la hacía vibrar como nunca había vibrado?

—¡Pero eso significa que tenemos que vivir juntos!

—¿Eso es lo que te preocupa? ¿Vivir conmigo? —preguntó él sorprendido.

¿Qué creía que era? ¿Una fresca además de una drogadicta?

—A Jason lo conocía. Confiaba en él —dijo ella, aunque al oírse se dio cuenta de que sonaba bastante tonto, dado que Jason la había dejado plantada en las puertas mismas del registro.

—Ah —fue la respuesta de él—. ¿Quieres que te asegure que tus encantos no me incitarán a seducirte?

–añadió descendiendo con los ojos hasta los botones de la chaqueta.

Alissa apretó los labios para no gritarle que ella nunca permitiría que un hombre como él la sedujera.

–Tienes mi palabra –continuó él–. Yo jamás forzaría a una mujer. Además, tú no eres mi tipo.

–Te entiendo perfectamente –repuso Alissa con una forzada sonrisa en los labios–. No conozco a ningún hombre que me resulte menos atractivo que tú.

En aquel momento sintió la íntima satisfacción de verlo enmudecer. Por breve que fuera, a Alissa le gustó, y mucho.

Claro que tampoco tenía forma de saber que ella mentía. Dario Parisi era un hombre muy atractivo, pero quizá con un trasplante de personalidad..., aquel cuerpo fuerte y musculoso, aquella boca sensual, aquellas manos largas y bien formadas... ¿Atractivo? Era el hombre más sexy que había conocido en su vida.

–Excelente –murmuró Dario, ignorando la irritación que sintió al oírla–. Así no habrá complicaciones.

Conseguiría lo que quería y se olvidaría de Alissa Scott para siempre. En cuanto el *castello* estuviera en su poder, buscaría a la esposa perfecta. Sería una señora Parisi elegante, refinada y de carácter dulce y tranquilo, no un torbellino de lengua viperina que lo desafiaba con cada mirada, lo desconcentraba y le despertaba la libido en los momentos más inoportunos.

La futura señora Parisi y él tendrían una casa llena de niños, y él conseguiría todo lo que había soñado cuando no tenía nada más que su orgullo y su fuerza de voluntad. No volvería a pasar hambre, y no volvería a estar solo. Nunca más.

—Así no habrá malentendidos.

Nada más lejos de su mente que tener a Alissa poniendo a prueba sus poderes de seducción con él, por mucho que hubiera dinamita en el suave balanceo de sus caderas, en la boca tentadora y carnosa y en las sinuosas curvas femeninas que el traje barato que llevaba no podía ocultar.

Sin embargo, en el fondo de los enormes ojos azules que lo miraban desafiantes había una vulnerabilidad extraña.

Tonterías. Alissa Scott era una mujer fría y calculadora y él debía recordar que por encima de todo era su enemiga.

«Así no habrá malentendidos».

¿Podía confiar en su palabra?, pensó Alissa.

Él la despreciaba, y ella no podía ignorar que las arcaicas ideas sobre *vendettas* familiares del siciliano bien pudieran llevarle a vengarse de ella. ¿Incluso de intentar seducirla simplemente por su propia satisfacción personal?

¡No! ¡Se estaba dejando llevar por su imaginación!

Alissa cerró los ojos con fuerza, deseando que todo fuera un sueño.

—¿Alissa?

Nadie pronunciaba así su nombre. Un ronco ronroneo que le erizaba el vello de la nuca y le endurecía los pezones.

Muy a su pesar abrió los ojos. Dario Parisi la observaba con atención.

–Vendrás a vivir conmigo a Sicilia –le informó él sin darle opción a elegir–. Allí está mi hogar.

–Por supuesto –dijo ella con un tono sarcástico que a él le pasó desapercibido.

A él no se le ocurriría que ella tenía razones para quedarse en Australia. Un trabajo, una casa, una hermana.

–Tendré que dejar mi trabajo.

–Dentro de seis meses tendrás dinero de sobra para no tener que trabajar el resto de tu vida.

¿Qué diría él si le dijera que su trabajo le gustaba? ¿Que le encantaba ayudar a la gente a preparar las vacaciones, y que tenía un don especial para tratar incluso con los clientes más difíciles?

Pero lo único importante era salvar a Donna. Incluso si ello significaba pasar seis meses bajo el mismo techo que Dario Parisi.

–Si accedo a hacerlo –Alissa lo miró a los ojos sin pestañear–, quiero un adelanto. Una tercera parte del valor del *castello* el día de la boda.

Sabía que para él el dinero no era problema. Tenía de sobra. Pero para ella significaba que su hermana podría iniciar el tratamiento inmediatamente.

–Veo que has heredado el talento de tu abuelo para sacar dinero a la gente –repuso él con una frialdad heladora, arqueando levemente una ceja–. Pero estás loca si crees que volveré a dejarme manipular por ningún miembro de tu familia. Todas las personas tienen un límite, y yo he alcanzado el mío. Mantendremos las condiciones del testamento, tal y como las dejó tu abuelo. Si quieres dinero ahora, tendrás que buscarte otro marido.

Alissa se estremeció. Era consciente de que no tenía más opciones.

–Queda una hora para que cierre el registro –Dario echó un vistazo al reloj de oro que llevaba en la muñeca.

Alissa se alisó la falda con manos temblorosas y tomó la decisión de la que ya no podría dar marcha atrás. Sin mirarlo, alargó la mano y tomó el bolígrafo, ignorando la voz de alarma en su interior.

Aquello estaba mal, pero era la única manera de salvar a su hermana.

–¿Dónde firmo?

Dario paseaba nervioso por el vestíbulo, tratando de no volver a mirar el reloj. Sabía que Alissa estaba en camino, acababan de comunicárselo, y se acercó a la entrada, con las manos en los bolsillos, consciente de la importancia de lo que iba a suceder. Recuperar el hogar de su familia era más importante que comprar o vender empresas, por mucho que ello significara casarse con una mujer tan superficial como para venderse por una fortuna para continuar manteniendo el lujoso tren de vida al que estaba acostumbrada.

Recordó la primera vez que la vio, unos años atrás, durante una de sus visitas a la espectacular mansión de Gianfranco Mangano. El viejo zorro insistía en que la única manera de recuperar el *castello* era a través del matrimonio, y después de la reunión, frustrado por haber sido incapaz de hacerle cambiar de opinión,

Dario se había quedado en su coche, tratando de pensar. Entonces fue cuando la vio, regresando furtivamente a la casa en la oscuridad de la noche.

Recordó las piernas largas y desnudas al apearse del exclusivo deportivo, enfundada en una minifalda, con la melena pelirroja y suelta cayéndole sobre los hombros y un perfil que le cortó la respiración.

En aquel momento su cuerpo había reaccionado instintivamente con un hambre que ni su orgullo ni su sentido común fue capaz de evitar. El viejo había hecho un par de comentarios sobre la dislocada vida de su nieta y su deseo de verla casada de una vez. Pero al verla, Dario supo que ella no era el tipo de mujer que pensara en el matrimonio. Hecho que confirmó años más tarde cuando se enteró de que había sido condenada por tenencia ilícita de drogas.

Sin embargo, nunca logró apartar de su mente la imagen sensual y despreocupada de la bella Alissa Scott. Incluso ahora, Alissa tenía algo que le disparaba las hormonas. Una reacción de la que no estaba orgulloso.

Un movimiento a su espalda le hizo volverse.

¡Oh, no! ¡No podía ser verdad!

Su futura esposa subía las escaleras en dirección a él vestida con un traje blanco de novia hasta los pies, con un ceñido corpiño de encaje, una falda de volantes y una larga cola de tul. Un velo transparente le tapaba la cara, sin duda ocultando una triunfal sonrisa a su costa.

–No recuerdo haber pedido un traje de novia –se burló él.

Alissa apretó la mandíbula y continuó sujetándose la falda para subir las escaleras, ignorando las palabras masculinas. Tenía un nudo en el estómago, pero debía seguir adelante, muy a su pesar.

–Hola, Dario. Tan encantador como siempre –dijo ella, pero no pudo evitar respirar la fragancia masculina ni tampoco controlar la reacción de su cuerpo.

–¿A qué viene esto? –insistió él.

Alissa deslizó una mano bajo el velo y se frotó la sien. Empezaba a sentir un fuerte dolor de cabeza.

–Puesto que me traslado a vivir a Italia he tenido que decir a algunas personas que me caso –explicó ella–, y mi hermana ha insistido en que, ya que no puede asistir a la ceremonia, me ponga su vestido de novia. De hecho, me hizo prometerle que me lo pondría.

Dario no dijo nada, permaneció en silencio, esperando.

–Mi hermana es muy sentimental. Se casó hace poco y para ella las bodas son lo más romántico del mundo.

–¿O sea que le has mentido?

–Era más fácil hacerle creer que he conocido a un hombre que me ha hecho perder totalmente la cabeza –repuso Alissa con un encogimiento de hombros–. Cuando nos divorciemos, parecerá un caso más de boda precipitada e impulsiva.

Además, ella no quería preocupar a su hermana con los verdaderos motivos de su boda. No quería que Donna tuviera remordimientos al saber que se había casado por ella, y menos aún con Dario Parisi.

Sin decir nada, Dario la tomó del brazo y la llevó al interior del edificio.

Después de eso, todo sucedió envuelto en una nube de irrealidad. Dario se había ocupado de todos los detalles, y cuando le puso el anillo en el dedo, a Alissa ni siquiera le extrañó que fuera su talla.

Pero la confortable ilusión de irrealidad se rompió cuando el oficial del registro dijo:

–Puede besar a la novia.

Dario la sujetó por la cintura y la miró a los ojos con un brillo triunfal. Entonces ella se dio cuenta. Acababa de casarse con un hombre que podía hacer de su vida un infierno.

Presa de pánico, tuvo que hacer un esfuerzo para respirar, a la vez que notaba cómo las manos masculinas alzaban el velo y la miraban con la expresión satisfecha de un depredador que había logrado su objetivo, no un frío hombre de negocios que acababa de sellar la firma de una importante transacción comercial. Entonces sus peores temores se confirmaron.

Para él era una venganza personal.

Sin darle a tiempo a protestar, los labios masculinos le cubrieron la boca.

Instintivamente, ella alzó las manos y empujó con todas sus fuerzas contra la sólida y musculosa pared del pecho masculino, tan inamovible como el edificio donde se encontraban.

Las manos masculinas parecían estar simplemente apoyadas en la cintura femenina, pero en cuanto ella intentó dar un paso atrás, se tensaron con fuerza y la mantuvieron firmemente en su sitio, impidiéndole cualquier retirada.

Dario le rozó la boca con la suya. Más que un roce

fue una caricia que dejó un rastro de fuego líquido en sus labios. Fue un beso lento, intenso y provocador. Una caricia maestra que, junto con el varonil olor que inundó sus sentidos, la envolvió en una confusa nube de rabia y deseo.

Alissa abrió desmesuradamente los ojos al sentir el placer de la sensual caricia; una chispa de reconocimiento femenino, una oleada de placer que le hizo arder la sangre.

Inmediatamente aplastó la sensación, ignorando el crepitar de un inesperado placer al sentir las palmas masculinas en la cintura.

Con desesperación trató de apartarse, pero todos sus esfuerzos fueron en vano. La intimidad compartida con Dario le anegaba por completo los sentidos hasta dejarla totalmente ajena a cuanto le rodeaba excepto el calor que emanaba de su cuerpo fuerte y potente y la corriente de deseo que amenazaba con arrastrarla definitivamente con ella.

Por fin él levantó la cabeza y ella miró perpleja al hombre que era su marido. No había esperado que la besara, y mucho menos que el beso le afectara tan profunda e intensamente. ¿Cómo podía haber reaccionado así a un hombre por el que no sentía ningún deseo?

Los oscuros ojos grises la estudiaban a su vez, hasta que él le sujetó la barbilla con la mano.

–Ya tendrás tiempo de mirar más tarde, esposa mía –le susurró con sarcasmo.

A Alissa se le cayó el alma a los pies. Las palabras de Dario le hicieron darse cuenta de que ya no había vuelta atrás.

Sujetándola por el codo, Dario la llevó hasta la mesa para que firmara el certificado de matrimonio.

¿Por qué la había besado?

Porque podía. Era una cuestión de poder.

Sin embargo, al observar el perfil masculino mientras éste estampaba su firma en el documento oficial del enlace, Alissa ya no vio satisfacción en su rostro. Todo lo contrario. Su expresión era más sombría que nunca.

Quizá no le había gustado besarla.

Alissa quiso sentir satisfacción al pensarlo, aunque lo único que sintió fue perplejidad al darse cuenta de lo devastador que había sido el beso y el impacto que había tenido en ella.

No debía volverse a repetir.

Dario observó al testigo firmar el documento que por fin le aseguraba la propiedad del *castello* que perteneció durante siglos a su familia.

Un documento que lo unía a Alissa Scott, una Mangano. Ahora Alissa Parisi.

Sintió asco. Ella estaba sentada, totalmente vestida de blanco y con el velo sobre la cabeza. ¿A quién quería engañar enfundada en un traje de novia virginal? No era ninguna inocente.

A pesar del asco que sentía, no pudo ignorar por completo el fuego tempestuoso que recorría sus venas cada vez que sus miradas se cruzaban. La forma que sus ojos recorrían el rostro femenino, la nariz perfecta, los ojos intensamente azules, la boca carnosa, la fragilidad del cuello esbelto. El sabor de sus labios, suave e intenso. La aceleración del pulso al respirar la fragancia de la piel cremosa y tentadora.

Pero sabía que el beso había sido un error.

No debía volverse a repetir.

Capítulo 4

EN CUANTO salieron del edificio una nube de fotógrafos y periodistas los rodearon.

–¡Señor Parisi! ¡Dario! ¡Aquí, por favor!

Alissa se detuvo incapaz de reaccionar.

–¡Maldita sea! –exclamó él a su lado volviéndose hacia ella–. ¿Para eso te has puesto el vestido? ¿Para salir en los periódicos? Disfrútalo mientras puedas, señora Parisi. No estarás mucho tiempo ante los focos.

–¡Señor Parisi! –un grito cortó la protesta de Alissa–. ¿Algún comentario sobre su matrimonio secreto con una guapa chica australiana?

Las cámaras disparaban una y otra vez y las preguntas a gritos de los periodistas se solapaban entre flashes y empujones.

–Sin comentarios –respondió Dario con brusquedad, sujetando a Alissa por la cintura y llevándola hacia la limusina que esperaba al pie de la escalinata con el chófer esperando en la puerta.

El mismo hombre de aspecto duro que la había estado siguiendo durante todo el mes.

–No, gracias –dijo Alissa–. Tengo mi coche.

–No importa –dijo él–. Vamos a ir juntos en el mío –sus palabras no admitían réplica.

Alissa, que lo que menos deseada en aquel momento era montar una escena delante de tanto periodista, no tuvo más remedio que subirse a la limusina. Dario, ajeno a los periodistas, le alzó la cola del vestido y la ayudó a montarse.

En un momento sus miradas se encontraron y Alissa vio el desprecio en los ojos grises de él.

—Yo no he llamado a la prensa —le aseguró ella.

—Ahórrame las protestas de inocencia —le espetó él—. No me interesan.

—¿Incluso si es la verdad?

—Por favor, no te hagas la inocente conmigo —repuso él con infinito desdén.

Alissa calló, convencida de que Dario podía convertir su vida en un infierno.

El sol del atardecer daba al mar Mediterráneo una textura de seda líquida. El cielo, en tonos añil y rosa, estaba salpicado de estelas naranjas y doradas.

Sicilia era una isla muy hermosa, con sus acantilados rocosos y sus antiguas y pintorescas ciudades, pero era un lugar que Alissa había jurado no pisar: era la isla donde nació y se crió su abuelo.

A pesar de haber volado en primera clase, Alissa no había logrado conciliar el sueño. En parte por lo que le esperaba, y en parte por la preocupación que sentía al haber dejado sola a su hermana.

Donna ahora tenía a David, sí, un hombre que haría cualquier cosa por su esposa. Eran felices juntos, y Donna se merecía ser feliz tras la dura infancia que había sufrido. Pero por mucho que Donna estuviera casada, Alissa siempre se había ocupado de ella y su hermana continuaba siendo una de sus principales preocupaciones.

Dario, por su parte, había dormido profundamente buena parte del trayecto desde Australia, aunque tomó las riendas de la situación en cuanto aterrizaron en Roma y subieron a bordo del avión privado que los llevaría hasta Sicilia.

–¿Cuánto falta? –preguntó ella por primera vez desde que aterrizaron en Sicilia.

–¿Qué pasa? –preguntó él–. ¿No te gusta el paisaje? La mayoría de la gente que viene a Sicilia por primera vez queda maravillada con la belleza de la isla.

Alissa lo miró a los ojos durante un breve momento antes de volver la cabeza.

–Probablemente porque vienen por voluntad propia.

–¿Y tú no? –preguntó él tras una pausa–. Nadie te ha obligado, Alissa. Has venido por tu propia voluntad.

–No esperes que me digne a responder a eso.

Dario Parisi y su abuelo la habían manipulado hasta ponerla en una situación en que la noción de libertad era un chiste.

Unos dedos fuertes le sujetaron la barbilla y Alissa se echó hacia atrás. Él deslizó los dedos por la garganta femenina, donde ella era más vulnerable, y después le sujetó la nuca y la mantuvo inmóvil. Con el pulgar, le acarició la sensible piel bajo la oreja.

–¿Quieres que sienta lástima de ti? –preguntó él en tono meloso–. ¿De verdad crees que tengo remordimientos por cómo he tratado a la mujer que intentó arrebatarme lo que era mío por derecho?

A pesar de la amenaza latente en su voz, había algo casi erótico en la cercanía de los labios masculinos. Alissa sintió que se le secaba la garganta.

—Yo no he hecho eso —protestó ella humedeciéndose los labios con la lengua, tratando de recuperar la respiración.

La mirada masculina se clavó en sus labios y se oscureció visiblemente.

—¿Cómo que no? ¿Es que no tenías suficiente con una vida de lujo y excesos a costa de mi familia? —continuó acusándola él, inclinándose cada vez más hacia ella—. Mírate. ¿Qué has hecho con tu vida? Tienes un trabajo que no va a ninguna parte, un gusto excesivo por las fiestas y la diversión y una condena por tenencia ilícita de drogas.

Alissa levantó las manos y, apoyándolas en los hombros masculinos, lo empujó hacia atrás. Necesitaba desesperadamente un poco de espacio, y tenerlo bastante más lejos. Pero él no se movió.

—Estás muy seguro de mi culpabilidad —logró decir ella por fin sin rendirse ante las acusaciones—. ¿No se te ha ocurrido pensar que soy tan víctima de todo esto como tú?

—¿Víctima tú? —repitió él, mirándola implacable a los ojos.

Al instante, le tomó la cara con la mano y le acarició el labio con el pulgar, presionando para obligarla a separar los labios. Aterrorizada, Alissa lo miró a los ojos, tratando de buscar una escapatoria, pero en lugar de eso sintió el sabor salado de la piel masculina en el labio inferior, que entreabrió bajo la presión del dedo.

Alissa vio el destello en los ojos masculinos. Ya no eran distantes e indiferentes sino febriles, con un deseo y una urgencia que era incapaz de ocultar. Y enseguida lo vio bajar la cabeza, y llevar el cuerpo hacia ella, hasta rozarle los senos con el pecho.

En aquel instante Alissa recuperó la cordura. Sujetándole las muñecas con las manos, lo detuvo.

–Por mucho que estemos casados no tienes derecho a manosearme –dijo, y cerró los ojos para tratar de ignorar la tormenta de sensaciones irracionales e indeseadas que se estaba desatando en su interior.

–Tú me das ese derecho cuando me miras así –respondió él en un susurro, con voz ronca y pastosa.

–¡Ya basta! –le espetó ella–. Entérate de una vez por todas: ¡no te quiero cerca de mí!

Él no pareció inmutarse y no se movió ni un centímetro. Continuó invadiendo su espacio con una determinación inquebrantable.

La abrumadora sensación de claustrofobia que tan bien conocía empezó a apoderarse de ella.

–Por favor, no puedo... –suplicó con desesperación.

Esta vez Dario frunció el ceño, la observó un segundo y la soltó. Al verse libre, Alissa se apartó de él, arrinconándose contra una de las esquinas del vehículo, como un animal acorralado. Estaba a salvo, al menos de momento.

Dario la estudió con intensidad, buscando algún indicio de satisfacción o triunfo en las facciones femeninas, pero no lo encontró.

¿Tan buena actriz era? Frunció el ceño al ver el

pulso que latía en la garganta femenina. Alissa respiraba aceleradamente, casi con dificultad. ¿Sería verdad que había ido allí en contra de su voluntad?

Dario no estaba acostumbrado a ser manipulado. Ahora le habían obligado a casarse con una Mangano para recuperar el *castello* que había pertenecido a su familia, y lo había hecho tragándose su orgullo después de que aquella mujer se negara a casarse con él en varias ocasiones. E incluso después de que hubiera tenido el valor de pedirle una importante suma de dinero en metálico antes de la boda. Como si él tuviera la obligación de financiar el lujoso estilo de vida al que estaba acostumbrada con su abuelo.

Ahora, sus planes para castigarla se habían vuelto en su contra. En un momento, ella lo había llevado a un estado de excitación casi incontrolable.

Apenas la había tocado. Ni siquiera la había besado. Sin embargo tenía el sabor de sus labios y de su boca en el paladar. El beso del día anterior había sido una necesidad, después un castigo y, por fin, para su perplejidad, un placer.

Del que deseaba más.

Dario se recostó en el respaldo del asiento. A pesar de todo lo que sabía sobre Alissa Scott, ella había logrado seducirlo.

¡No podía tolerarlo!

Al ver las conocidas verjas de hierro que daban acceso a su hogar se relajó. Pronto estaría en casa. El ilusorio vínculo entre ellos desaparecería en cuanto él regresara a su rutina diaria...

Los ojos de Dario se abrieron como platos al acercarse a la casa y ver entre el grupo de personas que lo esperaban al pie de la escalinata de entrada una pequeña figura vestida de negro.

Aquello era exactamente lo que más había querido evitar.

El automóvil se detuvo. Alissa miró por la ventana y contuvo una exclamación.

Ante ella, iluminada por el sol del atardecer, se levantaba una obra maestra de la arquitectura minimalista. Un espectacular edificio de grandes dimensiones, de líneas rectas y sobrias, totalmente blanco a excepción de las esbeltas columnas de acero y las paredes acristaladas formadas por amplios paneles ahumados. ¿Aquélla era su casa?

Dos sólidas puertas de bronce constituían el acceso principal a la casa. Al pie de las escaleras de la entrada principal, un grupo de personas los esperaba.

–Quédate aquí –le ordenó él abriendo la puerta y apeándose del vehículo.

Entre los saludos de los empleados, Alissa lo vio tomar las manos de la mujer mayor de pequeña estatura en el centro del grupo. La mujer proyectaba una fuerte sensación de autoridad, y Alissa la vio asentir y empezar a gesticular con las manos.

Bruscamente la escena cambió. Dario se inclinó para besar a la mujer en ambas mejillas, y después volvió al coche.

Sin poder ocultar su irritación, lo vio abrir la puerta y tenderle la mano. Alissa la tomó a regañadientes, y al momento casi la retiró al sentir la cascada de sensaciones que le recorrió el brazo y todo el cuerpo. Levantó rápidamente los ojos, y vio la casi imperceptible tensión en la mandíbula masculina. El brillo en sus ojos le dijo claramente que tampoco él había sido ajeno a aquella chispa instantánea entre los dos.

–Ven, quiero presentarte a alguien –dijo él metiéndole el brazo bajo el suyo y cubriéndole los dedos en un gesto cariñoso que a ella le extrañó.

Alissa no pudo evitar un estremecimiento.

–Pero recuerda –dijo él en voz baja y tono amenazante–. No hables mucho. Limítate a sonreír y asentir. Yo hablaré. ¿Entendido?

–¿Por qué? –preguntó ella mirándolo a los ojos.

A pesar de su agotamiento, Alissa no tenía intención de doblegarse ciegamente a sus órdenes.

–Porque si no lo haces, si dices una sola palabra negativa, me aseguraré de que los próximos seis meses sean los más desgraciados de tu vida. ¿Y el dinero que quieres por el *castello*? Cuidado, *cara*, porque podría retrasarse.

El sonido de su voz era letal y el apelativo cariñoso toda una amenaza, pero su expresión era peor: una forzada sonrisa que de lejos podía parecer encantadora, pero que de cerca acentuaba la feroz rabia de sus ojos y la crueldad de su tono de voz.

–Yo...

–¿Queda claro? Contesta de una vez.

–¡Pues deja de avasallarme! –le espetó ella, sorprendiéndose incluso a sí misma.

Creía que estaba demasiado cansada para enfrentarse abiertamente a él; sin embargo ella no era mujer que se dejara intimidar ante los ataques de los demás, un aspecto de su personalidad que le había metido en líos durante su infancia en más de una ocasión.

–¿Por qué no me pides mejor que coopere? –Alissa estaba harta de las amenazas.

–¿Eso es un sí? –Dario no esperó la respuesta–. Harás lo que yo te diga.

Era una orden, no una pregunta.

–Ya que me lo pides con tanta amabilidad –dijo ella, con una hipócrita sonrisa en los labios, pensando sobre todo en el dinero que necesitaba para su hermana Donna.

–Bien. Haz lo que yo te diga, como una buena esposa siciliana, y las cosas marcharán perfectamente.

Alissa abrió la boca para decirle que ella no tenía ninguna intención de ser una «buena esposa siciliana», pero no lo hizo.

Dario la interrumpió pasándole un brazo por el hombro y pegándola a su cuerpo sólido y cálido. Eso la dejó sin respiración y sin palabras.

–Te presentaré al servicio –dijo él.

La casa contaba con un jefe de cocina y sus ayudantes, un ama de llaves, jardineros, una secretaria, guardias de seguridad, criadas y más. Dario los presentó a todos, que se apresuraron a felicitarles con sinceras sonrisas y palabras de bienvenida.

–Ésta es la señora Bruzzone. Caterina, ésta es mi esposa, Alissa.

La mujer, con el pelo canoso recogido en un moño y totalmente vestida de negro, abrazó a Alissa y le plantó sendos besos en las mejillas. Después se apartó de ella y la contempló con una sincera sonrisa en los labios y un brillo de admiración en los ojos negros.

–¡Alissa, bienvenida a tu nueva casa!

Alissa no sabía qué responder, y menos con Dario mirándola de aquella manera.

–Gracias, señora Bruzzone.

–Por favor, debes llamarme Caterina y tutearme. No hace falta tanta formalidad. He sido el ama de llaves de Dario durante años y ahora espero ser tu amiga –la anciana sonrió con alegría–. Aquí serás feliz. Sé que Dario se esforzará para que así sea.

Alissa reprimió una carcajada histérica al oírla.

–Así es, Caterina. Yo me ocuparé de cuidarla –dijo Dario deslizándole la mano por la cintura.

–¡Dario! –exclamó la mujer–. Mírala. Está agotada. No tenías que haberla obligado a hacer un viaje tan largo después de la boda. No todo el mundo tiene tu energía.

La anciana sonrió de nuevo.

–Le he dicho que debería haber esperado para celebrar aquí la boda. Así todo esto no te resultaría tan desconocido. Pero Dario siempre hace lo mismo, y no tiene paciencia. Además, es incapaz de aceptar una negativa –explicó la mujer meneando la cabeza y sin ocultar el profundo afecto que sentía hacia él–. Vamos. Todo está preparado. Me he ocupado personalmente. Bienvenida a tu nuevo hogar, *cara*.

Alissa abrió la boca para contestar, pero la mujer ya le había dado la espalda y estaba dando una serie de órdenes al servicio. Acto seguido, el grupo se separó en dos hileras y formó un camino escaleras arriba.

Sin avisar, Dario le pasó los brazos por la espalda y las piernas y la alzó en el aire.

–¿Qué...?

Dario la interrumpió con una mirada fulminante de sus ojos grises y echó a andar entre las dos hileras de personas, que estallaron en vítores y aplausos.

–Puedo andar, no estoy tan cansada –protestó ella.

–No importa –dijo él muy cerca de su cara–. Si no cumplimos con la tradición se llevarán una buena decepción.

–¿Tradición?

–Por supuesto –dijo él, esta vez esbozando una amplia sonrisa que parecía sincera–. ¿No sabes que en Italia es tradicional que el novio entre a la novia en brazos?

–¡No me vengas con ésas! Sabes perfectamente que...

Dario la apretó aún más contra su pecho y aceleró el paso.

–Tú y yo sabemos lo que es este matrimonio, pero no quiero que los demás lo sepan. Procura que nadie sospeche nada –se detuvo un momento y la miró a los ojos–. Bienvenida a mi hogar, esposa mía –dijo él, y la metió en la casa entre los aplausos y vítores de todos los presentes.

–Bueno, ahora que ya has cumplido con la tradición, déjame en el suelo –dijo ella, con los nervios a flor de piel.

Necesitaba espacio. Necesitaba alejarse de él.

Dario negó con la cabeza y cruzó el amplio vestíbulo hacia la escalinata de mármol.

–Ah, aún no he terminado. Hay más.

–¿Más?

–Oh, sí.

Esta vez la sonrisa masculina dejó ver algo que a

ella le recordó la expresión de un depredador hambriento.

–¿No has oído a Caterina? Ella personalmente se ha ocupado de todos los preparativos.

–¿Preparativos?

A Alissa no le gustó el brillo en los ojos grises, ni tampoco la brusca aceleración de los latidos de su corazón.

–Por supuesto. Los preparativos de nuestro lecho nupcial.

Capítulo 5

A ALISSA le daba vueltas la cabeza mientras él atravesaba las puertas dobles en mitad del pasillo y las cerraba con el pie de un golpe seco.

La habitación era enorme, lujosa, y muy silenciosa. El único sonido era el de los latidos de su corazón.

Una amplia alfombra azul ahumado cubría el suelo como un reflejo del mar que se extendía al otro lado de los amplios ventanales. Los muebles eran pocos pero exquisitamente seleccionados, y entre ellos destacaba la enorme cama que parecía una invitación.

Presa de pánico, Alissa se dijo que aquel hombre la odiaba, que no podía querer...

–Si no te importa, ya puedes dejarme en el suelo –dijo ella con una serenidad que no sentía–. Ahora ya no tenemos público.

–Pero ya has oído a Caterina. Estás agotada.

Alissa no lo miró. En sus brazos se sentía demasiado vulnerable.

–¡No tanto! ¡Por favor, déjame de una vez! –repitió ella con rabia, una rabia que le sirvió para ocultar la mezcla de temor y deseo que la embargaba estando tan cerca de él.

En lugar de responder, Dario se dirigió con pasos lentos hacia la cama. Ésta estaba cubierta por una exquisita colcha de encaje hecha a mano y decorada con pétalos de rosa y otras delicadas flores naturales. En el centro, una única rosa rosácea esperaba la llegada de la novia.

–Como quieras.

Dario la depositó sobre la colcha, como si fuera una virgen a punto de ser sacrificada en el lecho nupcial, pero Alissa se rebeló.

–No pensarás que vamos a compartir la cama –se revolvió incorporándose.

–¿Por qué no? –la voz era un ronco susurro y en sus ojos brillaba un destello y una promesa que ella prefirió no descifrar –. Somos marido y mujer. Es la costumbre. ¿Acaso temes que no haya sitio para los dos?

Muy a su pesar, los ojos de Alissa recorrieron la cama. Sus líneas modernas estaban diseñadas para una ropa de cama menos tradicional que el conservador juego de sábanas de algodón y encaje que la vestían. De satén, pensó. Negras. La imagen de Dario desnudo sobre la tela negra de satén apareció ante sus ojos con una nitidez que...

Al instante terminó de incorporarse y bajó las piernas al suelo, horrorizada ante la erótica imagen que había invadido su mente y despertado su libido. Lo miró y notó que le temblaban las piernas. Él la observaba tan implacable como una fría estatua de un dios griego.

–No me vengas con tonterías. Tú y yo sabemos que no tienes ningún interés en compartir esta cama conmigo –dijo ella con falsa suficiencia, negándose a contemplar la posibilidad de estar equivocada–. Estoy harta de tus insinuaciones y de tus acusaciones. Estoy cansada después de un viaje tan largo, y desde luego no estoy de humor para tus jueguecitos.

Respiró profundamente tratando de calmarse y de recuperar el control de la situación. Al menos un poco.

–Te he seguido la corriente y no he decepcionado a tu club de fans que nos ha recibido la puerta –continuó poniéndose en pie y señalando la puerta con el dedo–. He sido más que razonable, y he permitido que me subieras hasta aquí en brazos –hizo una pausa y respiró de nuevo –. Por eso te agradecería que me dieras un poco de intimidad. No me importa cómo se lo expliques a tu gente, pero tú y yo no vamos a compartir esta cama.

Girando en redondo, Alissa se alejó hasta el extremo opuesto de la habitación. Con cada paso, esperaba sentir el peso de las manos masculinas en los hombros para detenerla. Con dedos temblorosos abrió una puerta y encontró lo que había esperado, un cuarto de baño. Aliviada, entró y echó el pestillo.

Por un momento se quedó mirando el mármol travertino que revestía suelos y paredes y los amplios espejos que le devolvían su expresión tensa y desencajada. Después, apoyó la espalda contra la puerta y se deslizó hasta el suelo hasta sentarse. Allí, todavía temblando, se rodeó las rodillas con los brazos y apoyó la cabeza en la puerta.

Seis meses de matrimonio.

¿Cómo iba a sobrevivir?
Su situación empeoraba cada minuto.

Dario se quedó contemplando la puerta cerrada del cuarto de baño e intentó relajar la tensión de los músculos. Las palmas de sus manos todavía tenían el recuerdo de las formas del cuerpo femenino, y aún podía respirar la suave y tentadora fragancia femenina. Peor aún, la sangre se le había arremolinado en las partes bajas de su cuerpo y se sentía a punto de estallar.

Maldita sea. ¡Estaba excitado! Tanto que le dolía. Y la causante no era otra que Alissa Scott, la mujer por la que se había casado por conveniencia, pero que lo afectaba profundamente a nivel personal. Y sexual.

Primero lo excitó sentirla cálida y suave en sus brazos, pero lo que lo llevó al límite fue verla delante de él plantándole cara sin ningún temor.

El orgulloso destello en los ojos azules al descubrir la mentira no podía calificarse más que de magnífico. Le había desafiado con el orgullo y la valentía de una reina amazona, y a él en lugar de enfurecerlo lo había excitado como nunca antes. Nunca había vivido una escena tan sexy.

Incluso la melena pelirroja cayéndole sobre los hombros, había servido para realzar su belleza y su esplendor, y para recordarle que bajo la glacial indignación femenina se escondía una mujer sensual de sangre caliente. Muy caliente.

La soterrada corriente de atracción mutua había

estallado para convertirse en un tsunami de deseo, y aunque ella lo odiaba, él jamás había estado tan excitado.

Sin embargo, ella no era su tipo. Al contrario, era todo lo que él despreciaba. Era su enemiga y en su vida no representaba más que problemas.

De repente se vio al otro extremo de la habitación, con la mano en el pomo del cuarto de baño, a punto de girarlo, sin recordar haber decidido ir tras ella.

Horrorizado, retiró la mano como si le quemara y fue hasta los ventanales desde los que se divisaba el amplio mar Mediterráneo. Allí, las olas que se movían sensualmente sobre la superficie añil del mar le recordaron a ella. Y sobre todo le devolvieron la imagen de cómo se oscurecían los ojos femeninos cuando se enfrentaba a él.

Hundió las manos en los bolsillos y se volvió. Ante él, la cama, donde no pudo evitar verla una vez más, medio sentada sobre la colcha antigua con la cara enmarcada por la melena pelirroja y un mohín despectivo en los labios, toda una invitación.

¡Cómo deseó tenderla sobre el lecho, acariciar el cuerpo delicioso con las manos y saborearla con la lengua! ¡Cómo deseó encontrar el máximo placer en ella!

Pero el sexo no traía más que complicaciones, él lo sabía por experiencia.

De repente la idea de pasar medio año en la misma habitación que Alissa no parecía tan sencillo. Incluso compartir la misma casa en habitaciones separadas era una tentación. Sus planes de castigar a Alissa por todo el daño que ella y su familia le habían hecho no parecían ir por muy buen camino.

Debía ser ella quien estuviera a su merced, no al revés.

Dario apretó los puños. Lo importante era recuperar el *castello*. Para ello era imprescindible que se concentrara en su objetivo, como había hecho siempre, y superara el fuerte deseo que ella despertaba en él. Había sido precisamente su absoluta determinación para lograr sus objetivos la que le había llevado desde la soledad de un orfanato a las listas de las mayores fortunas del país. De no haber mantenido una rígida disciplina sobre sus emociones, jamás habría logrado nada, y seguiría siendo un don nadie, en lugar del digno heredero del prestigio y el orgullo de la familia Parisi.

Por última vez miró hacia la puerta del cuarto de baño antes de salir de la habitación. Alissa podía esperar. Antes tenía que hablar con Caterina. La mujer era más que su ama de llaves jubilada: era la única persona que lo conocía desde sus años en el orfanato, y la que siempre lo quiso y creyó en él. La mujer incluso renunció a su trabajo para ocuparse de llevar su casa cuando él inició su periplo para recuperar la fortuna de los Parisi.

A ella no le había contado sus planes de casarse, pero probablemente al ama de llaves se le había escapado y Caterina se había apresurado a volver a Sicilia para ocuparse de todos los preparativos. Por eso, al llegar a su casa, en lugar de encontrarse todo preparado para que su nueva esposa se instalara en sus propios aposentos, Dario se encontró con la alegría de Caterina, que incluso les había preparado el lecho nupcial con la tradicional ropa de cama heredada de su abuela.

Pero ahora tendría que explicarle que aquello no era más que un matrimonio de conveniencia para poner fin a una disputa familiar que había durado varias décadas. Cuadró los hombros y salió de la habitación.

Alissa despertó en mitad de la noche en el sofá del dormitorio de Dario. Debió quedarse dormida mientras lo esperaba.

Estaba totalmente vestida y cubierta con una manta. Miró a la cama. Estaba vacía, pero deshecha. Alguien había dormido allí.

Entonces fue cuando escuchó un murmullo en la terraza. No era el sonido del mar. Miró hacia el exterior apenas iluminado por la luz de la luna y se dio cuenta de que era la voz grave y ronca de Dario, una voz que le acariciaba los sentidos y despertaba en ella sensaciones involuntarias.

Si quería luchar contra él tenía que verlo como su enemigo, se dijo.

Por fin vislumbró la figura que iba de un lado a otro de la terraza, con el móvil pegado a la oreja, hablando en voz baja, cubierto únicamente por unos boxers. La luz de la luna revelaba un cuerpo fuerte y delgado, de músculos perfectos y carnes prietas, hombros anchos y extremidades largas y firmes. Alissa contuvo el aliento un segundo para acto seguido dejar escapar un suspiro de desesperación.

¿Cómo iba a poder luchar contra un demonio que tenía el cuerpo de un ángel?

Sólo oyó una palabra, cuando él se volvió hacia la puerta abierta.

–Maria.

¿Sería su novia? ¿O su amante? ¿Y por qué sonaba tan impaciente?

Alissa bajó las piernas al suelo, apartó la manta y apoyó los codos en las rodillas. Sintió náuseas ante la idea de Dario con otra mujer.

No podía ser cierto. Era ridículo. El siciliano ni siquiera le gustaba. Por supuesto que no. Ella no podía sentirse atraída por aquel manipulador implacable y cruel que no había dudado en obligarla a cumplir su voluntad.

–Estás despierta. Perdona si te he molestado –dijo él plantándose de pie delante de ella, con las piernas separadas y las manos en las caderas.

El hecho de que sólo llevara un par de boxers de seda a la cintura y una sonrisa en los labios no parecía importarle en absoluto.

Su aplomo y su seguridad en sí mismo eran apabullantes.

–¿Por qué no me has despertado?

–¿Por qué molestarte cuando estabas tan cómoda? –preguntó él.

–No juegues conmigo, Dario. Yo no quería dormir aquí.

Él se encogió de hombros.

–Como te quedaste dormida y no hubo manera de despertarte, pensé que no lo habías dicho en serio.

–¿Trataste de despertarme?

A Alissa se le secó la boca al imaginar aquellos dedos largos rozándola mientras dormía. ¿Acaso había intentado despertarla para consumar el matrimonio?

–Parecías estar muy a gusto en mi dormitorio.

–No te hagas ilusiones, Dario. Estaba agotada por el cambio de horario y el viaje, nada más –le espetó ella poniéndose en pie y doblando la manta con la que le había tapado.

Él no respondió, se limitó a mirarla desde donde estaba hasta que sus ojos se encontraron.

–Quiero proponerte un trato –dijo por fin sin levantar la voz, aunque con clara impaciencia–. Si eres capaz de vivir seis meses sin montar ninguna escena, sin tratar de ganar puntos delante de los demás, me aseguraré de que tu vida aquí sea lo más confortable posible hasta el divorcio. Tendrás total libertad para moverte por la finca y los pueblos cercanos. Incluso te proporcionaré un chófer.

Alissa arqueó las cejas y lo miró, deseando que las luces estuvieran encendidas para ver mejor la expresión del rostro masculino.

–¿Por qué ibas a hacer eso?

Él alzó los hombros y abrió las manos en un gesto puramente siciliano.

–Una tregua es lo mejor para los dos.

–¿Qué sacas tú de ello? –insistió ella con desconfianza.

–Contrariamente a lo que puedas creer, tú no eres mi principal prioridad –respondió él con sorna–. Tengo importantes proyectos empresariales entre manos, y cosas mucho más interesantes que pasarme al día peleándome con una Mangano.

–Yo no soy una...

–No, ¿cómo lo he podido olvidar? Ahora eres una Parisi.

Era cierto. Durante los seis meses siguientes ya no era Alissa Scott. Era Alissa Parisi. Y la idea la inquietó. Era como si llevar su apellido implicara haberle entregado una parte de sí misma.

–Nunca seré una Parisi –le aseguró ella con los puños apretados –. Soy tu esposa sólo en papel, pero no soy una de tus pertenencias.

Ya estaba harta de que los hombres se empeñaran en decirle lo que tenía que hacer y la utilizaran como un mero objeto de negociación para sus propios intereses.

La mirada masculina se endureció al oírla, pero ella no apartó la vista.

–Tienes razón –dijo él por fin con voz rasposa–. Nunca serás una Parisi.

Incomprensiblemente, aquellas palabras la enervaron. ¡Como si le preocupara lo que él pensara! ¡Como si le preocupara que el no la considerara lo suficientemente buena como para formar parte de su árbol genealógico!

–Pero de momento eres mi esposa –continuó él–. ¿Por qué no aceptar mi hospitalidad? Lo único que te pido es que te comportes con decencia.

–¿Decencia? –repitió ella furiosa poniéndose en pie y plantándose delante de él–. ¿Qué crees, que voy a llenar tu casa de fiestas y drogas? ¿Eso es lo que te preocupa? ¿Que ensucie tu querido apellido?

El silencio masculino confirmó que era eso exactamente a lo que se refería. Aunque no debía sorprenderla. Dario conocía su condena, y ella se estremeció al recordar aquella pesadilla.

–No te hagas la ofendida, Alissa –dijo él–. Ni drogas ni fiestas, por supuesto –dio un paso hacia ella y le alzó la barbilla con el dedo–. Pero me refería más exactamente a aventuras románticas. No te verás con ningún hombre mientras seas mi esposa. Y créeme, habrá gente que vigilará tus movimientos.

El servicio. Espías. Detectives. Igual que había hecho su abuelo. Pero ahora Alissa tenía la sensación de que la autoridad de Dario Parisi era incluso más potente que la de Gianfranco Mangano.

Por momentos la oscuridad la envolvió como un manto asfixiante que le impedía respirar, pero con la determinación que había aprendido al lado de su abuelo hizo un esfuerzo y apartó el vacío de miedo que amenazaba con apoderarse de ella.

–¿Y tú? –preguntó desafiante–. ¿También te comportarás con decoro?

Dario entrecerró los ojos y se acercó a ella.

–Ten cuidado, no te recomiendo que te enfrentes a mí –sus palabras eran apenas un susurro–. Sigue provocándome y a lo mejor decido que lo mejor es que este matrimonio sea auténtico en todos los sentidos. Quizá así sea más fácil hacerte entrar en razón.

El tiempo se detuvo mientras él le sostenía la mirada, dejando claro que su amenaza podía ir muy en serio.

–Sólo quiero asegurarme de que tú cumples con tu parte de la farsa –dijo ella.

Por fin él asintió con un movimiento casi imperceptible, y Alissa respiró de nuevo.

–Durante los próximos seis meses nadie tendrá motivos para pensar que me interesa ninguna otra mujer. Todos creerán que estamos muy enamorados.

–¡No me refería a eso! –protestó ella–. No tienes que fingir que somos...

–¿Amantes?

El tono de la voz pastosa y sugerente era toda una invitación. Dario estaba justo delante de ella, invadiendo su espacio, apoderándose de todos sus sentidos.

En silencio ella asintió, temiendo que la tierra bajo sus pies se hundiera a causa del maremoto de deseos ocultos y emociones desbocadas que la embargaban.

–Quizá tenga razón. Eso sería demasiado –accedió él.

Sin embargo, no se movió. Se mantuvo allí, muy cerca, una esplendorosa y viril obra de arte en carne y hueso.

Alissa respiró profundamente, y deseó no haberlo hecho. Dario olía al sol que daba vida a los campos de limoneros, al agua salada del Mediterráneo, a hombre intensamente vivo y seductor y tuvo que dar un paso atrás. Necesitaba poner distancia física entre ambos.

–¿O sea que nos comportamos impecablemente y vivimos cada uno nuestra vida? –concluyó ella.

–Exactamente. Aunque alguna vez tendremos que dejarnos ver juntos. En algún acontecimiento social, en alguna celebración, pero no será frecuente. Tú dispondrás de habitaciones independientes y podrás entrar y salir a tus anchas.

Esta vez Alissa respiró con alivio.

–Perfecto. ¿Por qué no me enseñas mi dormitorio ahora?

–Tu suite aún no está preparada –se apresuró a

responder él, y después vaciló un momento–. Lo... lo harán mañana.

Por primera vez Alissa creyó oír cierto titubeo en su voz. ¿Qué le ocultaba? ¿Algo sobre la suite? No. O quizá era por la anciana Caterina, la mujer que le había recibido con los brazos abiertos y que le había preparado el lecho nupcial siguiendo las antiguas tradiciones de la isla.

–No le dijiste la verdad –dijo Alissa–. A la señora Bruzzone. Le has hecho creer que el matrimonio es por amor.

Dario volvió a encogerse de hombros, pero esta vez el movimiento fue tenso.

–Sólo será una noche. Mañana Caterina volverá a su casa.

Alissa lo estudió en silencio. ¿Habría mentido Dario, e incluso compartido su dormitorio con una mujer de la que desconfiaba profundamente, sólo por Caterina?

De repente eso lo hacía mucho más humano. Un hombre con sentimientos, a quien le preocupaba lo que una anciana ama de llaves pudiera pensar. ¿Quién lo habría imaginado?

Pero ¿por qué le preocupaba tanto la opinión de Caterina?

Alissa recordó que entre el comité de bienvenida no había ningún miembro de la familia de Dario.

En ese momento lo vio dirigirse a unas puertas laterales y abrirlas, interrumpiendo el hilo de sus pensamientos.

–¿Qué haces? –le preguntó ella.

–Voy a vestirme –respondió él desapareciendo en

el espacioso vestidor–. Tú puedes pasar el resto de la noche aquí.

Cuando salió, iba totalmente vestido de negro. Le quedaba bien, demasiado bien.

–Te veré en el desayuno. Tengo trabajo.

Al instante, la calidez que Alissa había creído percibir en él se esfumó por completo. ¿O acaso aquel trabajo se llamaba Maria?

La sospecha de que había ido a reunirse con su amante en mitad de la noche no debería afectarla, pero Alissa sintió náuseas. Sabía que debía alegrarse por verlo marchar, y sin embargo, la idea de que pasara el resto de la noche en brazos de otra mujer le produjo un profundo desasosiego.

Capítulo 6

EL SONIDO de la risa femenina flotando sobre la brisa del mar se coló insidiosamente en la mente de Dario. Una risa conocida y evocadora, el sonido de su esposa disfrutando de los encantos de la isla que lo había visto nacer.

Aunque nunca reía cuando estaba con él. Con él estaba tensa y cauta, tan recelosa como él de la soterrada y potente corriente de deseo que había entre ellos.

Frunció el ceño. Tenía que concentrarse en el trabajo, pero un murmullo de voces desde el jardín se lo impidieron una vez más.

¿Con quién estaría hablando ahora? En apenas una semana, su esposa se había metido en el bolsillo a todo el servicio. Y, tenía que reconocerlo, él no podía dejar de pensar en ella.

Cada día recibía un informe de sus actividades. Alissa iba a nadar, recorría la finca, visitaba los pueblos de los alrededores y daba paseos en barco. Aprendía a cocinar con el chef, compraba recuerdos de la isla y pasaba las noches en su habitación. Dario no sabía si alegrarse o molestarse de que hiciera exactamente lo que él le había dicho.

El comportamiento de Alissa era impecable, y por

mucho que supiera que tarde o temprano ella mostraría sus verdaderos colores, de momento le había privado de esa satisfacción.

Dario apenas la veía, y casi no hablaba con ella. Sin embargo, no podía quitársela de la cabeza. Por la noche daba vueltas en la cama pensando en ella, y despertaba con el sabor de su piel en la boca, imaginando la fragancia de su cuerpo en las sábanas.

Todos sus intentos de ignorarla no habían conseguido atajar la atracción que sentía por ella.

Apretando los puños, se maldijo al sentir el latido de frustración en su cuerpo. ¿Cómo iba a pasar veinticinco semanas más prácticamente sin dormir? Tampoco pensaba a buscar un desahogo para su frustración sexual en otro sitio. Rendirse a sus deseos sería ponerle a Alissa todo el poder de la relación en bandeja.

Una alegre y jovial carcajada interrumpió sus pensamientos.

Echó el sillón hacia atrás y se puso en pie.

La sonrisa de Alissa se desvaneció al sentir el inconfundible escalofrío de antelación. No necesitó el cambio en la expresión de Giorgio ni el sonido de los pasos en el sendero a su espalda para saber que Dario se acercaba.

Su intuición era suficiente.

Una y otra vez sentía aquel delicioso escalofrío recorrerle la piel y, al volverse o al levantar la mirada, lo encontraba mirándola. Normalmente Dario se alejaba sin una palabra, y ella le seguía con los ojos hasta que desaparecía de su vista. Dario tenía algo que ella no había sentido con ningún hombre. Algo misterioso e irresistible. Y era peligroso. Sin embargo, algo despertaba en su interior cada vez que lo tenía cerca.

Sonriendo a Giorgio se alejó por el sendero que atravesaba una hilera de pinos frente al mar y conducía hasta el agua. Estaba casi en la escalera de piedra y madera que bajaba hasta la playa cuando la voz de Dario la detuvo.

–¿Huyes, Alissa?

Alissa se sujetó a la barandilla de madera y se tensó. Dario estaba cerca, muy cerca.

–¿Por qué iba a huir? No he hecho nada malo.

Se volvió a mirarlo, y agradeció tener algo donde apoyarse. Se había acostumbrado a verlo vestido de traje, pero con vaqueros y una camiseta remangada que dejaba al descubierto unos brazos musculosos y bronceados, su marido estaba irresistible.

–Claro que no. ¿O tienes remordimientos de estar coqueteando con mi jardinero?

Alissa abrió los ojos de par en par.

–¿Coqueteando? Sólo estaba hablando con él –protestó ella–. Me estaba hablando de sus hijas.

A ella le caían bien los empleados de la finca. Eran todos muy amables y hospitalarios con ella. Lo que la sorprendió fue el sincero entusiasmo y afecto que sentían por Dario, así como su lealtad y su admiración. También los habitantes de los pueblos cercanos parecían alegrarse cuando se enteraban de que se alojaba en la finca. Sin duda su marido era un hombre respetado. La gente hablaba de su generosidad, de su apoyo a organizaciones de beneficencia y sus planes para invertir en la región.

Era como si se tratara de dos hombres diferentes.

–Sí, seguro que la conversación te ha resultado fascinante –dijo él con sorna mirándola de arriba abajo.

Alissa deseó llevar algo más de ropa que la falda vaquera corta y la camiseta de tirantes que se había puesto para dar un paseo por la finca. Una armadura, quizá. Al menos así él no podría percatarse de cómo se le habían endurecido los pezones.

Dario dio un paso hacia ella y automáticamente ella retrocedió sin darse cuenta de que estaba en el primer escalón de la escalera. Cuando quiso reaccionar, ya estaba con un pie en el aire.

–¡Cuidado!

Un par de manos fuertes la sujetaron por los brazos y tiraron de ella, pegándola a él. Sin embargo, el contacto apenas duró unos segundos. Rápidamente, él se hizo a un lado y clavó los ojos en el mar. Como si no quisiera ni tocarla, por temor a contaminarse.

–No querrás caerte y romperte una pierna. Eso interrumpiría tus actividades.

–¿Actividades? –repitió ella, pensando que se refería a posibles salidas nocturnas.

–Tus baños en el mar y tus excursiones.

–Ya.

Evidentemente el servicio informaba de todos sus movimientos. Lo había sospechado, pero la confirmación la decepcionó. Dario no confiaba en ella en absoluto.

–¿Qué quieres, Dario? –preguntó, yendo directamente al grano.

–¿Tengo que querer algo? – preguntó él.

–Sí. Desde que llegamos prácticamente has ignorado mi presencia aquí.

–¿Y eso te molesta? –preguntó él curvando provocadoramente los labios en un gesto terriblemente sensual–. ¿Preferirías que estuviera todo el día pendiente de ti?

–No se me ocurre nada peor –Alissa cruzó los brazos, muy consciente de la mentira que acaba de decir.

La idea de estar con él le causaba una serie de sentimientos encontrados, ya que, muy a su pesar, no lo odiaba tanto como debiera.

–Pues sí, tengo una razón para interrumpir tu mañana: decirte que nos han invitado a una recepción. Supongo que tienes ropa más adecuada que ésa –dijo él mirándola de arriba abajo y deteniéndose con especial interés en las piernas desnudas.

Alissa vio el hambre en sus ojos y notó cómo le flaqueaban las rodillas.

–¿Tengo que ir?

Si apenas diez minutos a su lado la ponía en aquel estado de excitación y nerviosismo, ¿cómo iba a soportar toda una velada, y en público? Aunque también detestaba tener que reconocer que cuando estaba con él era cuando más llena de vida se sentía.

–Te dije que debíamos dejarnos ver juntos. Si no lo hacemos, la prensa no te dejará tranquila en tus excursiones. Lo mejor será que les dejemos tomar algunas fotos para satisfacer el interés de los curiosos. Sólo serán unas horas –Dario entornó los ojos al notar su confusión y su incertidumbre–. Tranquila, yo te cuidaré.

Eso no hizo más que aumentar su nerviosismo.

–¿Qué clase de ropa? –preguntó ella–. No tengo trajes de cóctel ni de fiesta.

–Diré a alguien que te lleve a una boutique adecuada. Elige algo clásico y elegante, no provocador –añadió mirándola con desdén.

–Ya que lo pides con tanta elegancia, lo intentaré –respondió ella con sorna, y le dio la espalda para alejarse.

Pero la voz de Dario la detuvo.

–No has ido a ver el *castello* que vas a heredar. ¿Por qué?

Alissa se volvió y siguió la mirada masculina con los ojos hasta el *castello* de piedra terracota que se alzaba sobre el montículo rocoso al final de la playa. Era una edificación impresionante, rodeado de una antigua muralla, con sus torres de vigilancia y sus almenas.

–¿Eso es el *castello*?

Ni siquiera se le había ocurrido que eso fuera la herencia de la que habían hablado. Esperaba algo menos medieval, y desde luego no un *castello* de verdad. Ahora entendía la autocrática actitud de Dario. Sin duda los Parisi formaban parte de la aristocracia local, y él debía estar acostumbrado a que todo el mundo hiciera sus deseos realidad.

–Ése es el *castello* Parisi, el hogar de mi familia durante generaciones –dijo él con orgullo, sin ocultar la profunda pasión que sentía por él.

–¿Y no te importa vivir tan cerca? –preguntó ella mirando la moderna mansión que era su hogar en la actualidad.

–¿Importarme? Precisamente construí aquí mi casa para poder ver el *castello* todos los días hasta que fuera mío –esta vez tampoco ocultó su obsesión.

–Supongo que pasaste aquí tu infancia –dijo ella, pensando que seguramente tenía buenos recuerdos del lugar.

–Nunca he estado dentro, ni lo estaré hasta que sea mío –le aseguró él con una firmeza que la sorprendió–. ¿No te lo dijo tu abuelo?

–¿Decirme qué?

Algo en la expresión del rostro masculino hizo desear a Alissa acercarse a él. Parecía tan solo, y sufriendo.

–Yo no me crié aquí, me crié en la península.

–¿Tu familia no vivía en Sicilia? –preguntó Alissa extrañada. Por lo que sabía de los sicilianos, siempre había creído que sentían un fuerte arraigo a la tierra que los vio nacer–. ¿Y no han vuelto contigo?

La sonrisa de Dario se torció en una mueca.

–No tengo familia –señaló con una mano hacia el *castello*–. Eso es todo lo que me queda de mi familia.

Alissa abrió la boca para preguntar más, pero no tuvo la oportunidad. Dario se volvió hacia ella y la detuvo con los ojos.

–El *castello* me pertenece por nacimiento y por tradición. Ahora también es mío por matrimonio.

Durante un momento, los ojos grises de él se encontraron con los azules de ella y la tensión chisporroteó entre ellos como un arco de energía de alto voltaje. A Alissa se le disparó el corazón.

¿Es que la reclamaba también a ella, además del *castello*?

Sin poder contener una exclamación, Alissa giró sobre sus talones y salió hacia la casa, indiferente a lo que él pudiera pensar. Dario la asustaba, tenía la mirada de alguien a quien no le importaba pisotear las reglas con tal de ganar. La clase de hombre que ella había aprendido a tener y despreciar.

Alissa levantó el cubo de arena mojada y lo volcó sobre la playa. Las hijas gemelas de Giorgio, de poco más de un año, aplaudieron excitadas cuando ella levantó el cubo y descubrió un torreón de arena redondo y perfecto. Rápidamente, las dos pequeñas se acercaron gateando al castillo para decorarlo con piedras y caracolas.

–¡Cuidado! –Alissa sujetó a Anna, una de las gemelas, y la sentó delante de la torre–. Así lo harás mejor.

Cuando se cansaron del castillo de arena, las niñas empezaron a decorar el pelo de Alissa con algas a modo de mechones.

–¿Qué soy? ¿Una sirena salida del mar? –preguntó Alissa, divertida.

–Con ese pelo, no cabe ninguna duda –la voz grave de Dario sonó de repente a su espalda acompañando el sonido de las olas.

–¡Dario, Dario! –exclamaron las gemelas echando a gatear hacia él.

Alissa se volvió a tiempo para verlo salir del agua, enfundado únicamente en un bañador que mostraba a la perfección el cuerpo masculino en todo su esplendor.

Era como un dios del mar, poderoso y magnífico. A Alissa se le encogieron las entrañas de deseo al verlo.

Él se puso de rodillas y abrió los brazos.

–Os vais a mojar –advirtió a las niñas, pero éstas se lanzaron a sus brazos riendo y sin hacerle caso.

Alissa se sentó sobre los talones, perpleja al ver cómo Dario reía despreocupadamente con las pequeñas y dejaba que a él también lo decoraran con algas y caracolas.

–Ahora tú pareces un sireno –dijo ella.

Dario clavó los ojos en ella con una intensidad que eclipsó cuanto los rodeaba.

Bruscamente Alissa se puso en pie y se sacudió la arena de la piel.

–No irás a nadar, ¿verdad? –preguntó él dirigiéndole toda su atención–. Las corrientes en esta parte de la isla son muy fuertes y es peligroso.

–No, pero he aprendido que cuando vengo a la playa con las niñas es mejor hacerlo en bañador, si no quiero terminar totalmente empapada.

No era la arena ni el agua lo que le preocupaba, si no la sensación de tener los ojos de Dario recorriendo su cuerpo apenas cubierto por un bañador violeta de lycra que se le pegaba como una segunda piel. Desdobló el pareo que había dejado en el suelo y se lo ató bajo los brazos, dejando que la tela le envolviera delicadamente el cuerpo.

Dario no perdió ni uno solo de sus movimientos, y eso la enervó. Pero cuando lo miró a los ojos lo que vio en ellos no fue desprecio sino fue una expresión de triunfo, de interés.

¿Qué le estaba pasando?

Se había dado cuenta, sí. Él sabía perfectamente las emociones que despertaba en ella cada vez que la miraba.

—Es hora de irnos —dijo a las niñas recogiendo los juguetes, buscando una excusa para alejarse de él—. El desayuno estará preparado.

—¿Vas a desayunar con Giorgio y su mujer? —se extrañó él.

—¿Te importa?

El matrimonio vivía en la finca de su propiedad, donde la palabra de Dario era ley. Pero ella había encontrado en ellos una amistad sincera, y le gustaba disfrutar no sólo de su compañía, sino también de poder ayudarlos ahora que además de las gemelas tenían un pequeño recién nacido.

—Si ellos quieren invitarte a su casa, es asunto suyo —respondió él.

Poniéndose instantáneamente a la defensiva, Alissa creyó oír un profundo desdén en su voz. Se tensó y alzó la barbilla. Por unos momentos había olvidado la baja opinión que Dario tenía de ella. ¿Qué creía, que sus empleados se equivocaban al ofrecerle su amistad? ¿Que no era una persona de fiar?

Cuando se alejaba de él llevando a las pequeñas de la mano y sintiendo los ojos de Dario clavados en la espalda, Alissa se juró no volver a olvidarlo ni por un segundo. Dario Parisi era exactamente como ella había creído desde el principio.

Capítulo 7

DARIO se arrancó la corbata de la garganta con gesto iracundo y la tiró a una silla. Después hizo lo mismo con los gemelos y la camisa, y maldiciéndose para sus adentros salió a la terraza de su dormitorio.

Llevaba todo el día incapaz de concentrarse y por eso había vuelto antes del trabajo. Por culpa de Alissa. No podía apartar de su mente la imagen de Alissa en la playa. No podía dejar de ver la piel blanca y cremosa, la seductora melena cayendo sobre los senos, las caderas redondeadas y la cintura estrecha, los senos turgentes y firmes, los labios tentadores.

Por no hablar de la sorpresa que se había llevado al verla jugar con las dos gemelas de Giorgio. Hasta entonces había pensado que los niños no le interesaban en absoluto, pero se había equivocado.

Aquella mujer era más compleja de lo que pensó en un principio. Peligrosamente compleja. Había algo en ella que le hacía anhelar cosas que no lograba comprender. Le hacía desear cosas que nada tenían que ver con el futuro meticulosamente organizado que había planeado para su vida.

Pasándose una mano por el pelo, vio las nubes de tormenta que se acercaban. De repente, un destello blanco en el mar llamó su atención. Alguien había salido en un kayak. Alguien vestido con una camisa blanca y con el pelo pelirrojo.

Segundos más tarde Dario iba corriendo hacia la playa.

Alissa se sujetó al kayak tratando de mantenerse erguida, pero apenas le quedaban fuerzas. Tenía los brazos como mantequilla. Se había alejado demasiado de la costa, y ahora se veía a merced de las fuertes corrientes y de un mar embravecido.

Una ola le rompió encima. Lo único que podía hacer era sujetarse al kayak y procurar mantenerse a flote.

Un movimiento la hizo gritar al sentir algo que se deslizaba contra ella. ¿Habría tiburones? Presa de pánico gritó y tragó agua, medio sumergida entre el fuerte oleaje que zarandeaba el kayak sin piedad.

Algo le rodeó el brazo y se le clavó en la piel. Tiró de ella hacia arriba y Alissa salió a la superficie entre jadeos y resoplidos.

–Sujétate con fuerza –le ordenó una voz apenas audible entre el rugir del mar.

Dario. Reconoció la voz ronca y grave a su espalda, y sintió un nuevo calor en el cuerpo. Entonces se dio cuenta de que estaba tumbada sobre las piernas masculinas. Dario se había montado en el kayak y se había sentado en su sitio.

Con alivio ella se sujetó a su cuerpo. Ahora estaría a salvo. Si alguien podía enfrentarse a los elementos, ese hombre era Dario. Además, no quería pensar en cómo se pondría si ella se ahogaba antes de heredar su precioso *castello*.

Pocos minutos después Alissa estaba en el cobertizo de los botes sentada en un pequeño camastro y temblando de frío y nervios. Dario le puso una toalla grande por la cabeza y le frotó con vigor el pelo, la espalda, los hombros y los brazos para hacerla entrar en calor. Lentamente ella sintió que volvía a circularle la sangre por las venas.

–Lo siento –murmuró ella una vez más–. No quería ponerte en peligro.

–¿No te he dicho esta mañana que hay corrientes peligrosas? –preguntó él furioso–. ¿No has visto que se acercaba la tormenta?

Alissa negó con la cabeza, sintiéndose como una tonta por ponerse en una situación de peligro innecesariamente.

–Lo siento.

–Y bien que haces. Podías haber muerto –rugió él frotándose el cuerpo vigorosamente con una toalla–. ¿Eres consciente de lo cerca que has estado de ahogarte?

Alissa cada vez se sentía menos a salvo. La furia masculina le recordó el rosario interminable de situaciones violentas que había vivido en la casa de su abuelo e instintivamente se alejó de él. Tambaleándose se puso de pie y tuvo que sujetarse al metal de la cabecera del camastro para no caer.

–¿Qué haces? –exclamó él todavía furioso–. Siéntate, te vas a caer.

Alissa negó débilmente con la cabeza, sin dejar de mirarlo a los ojos. No tenía fuerzas para correr, y lo único que podía hacer era tratar de anticipar los movimientos de él.

Dario dio unos pasos hacia ella, y el miedo la atenazó. Pero en lugar de levantar la mano, él la sujetó por el brazo y la pegó contra su pecho, alzándola del suelo. Bajo la piel morena, Alissa notó el corazón que latía con fuerza insospechada.

—Tienes que ser la mujer más testaruda y difícil...

La acusación se interrumpió cuando él bajó la cabeza y le tomó la boca en un beso voraz que la sumergió en una nueva y tempestuosa tormenta, ésta de deseos y pasiones incontrolables. Dario acalló sus protestas con los labios.

La sorpresa la mantuvo inmóvil, pero para cuando ella hubiera podido reaccionar él ya la había desarmado con una lenta caricia que era de todo menos agresiva. Dario la acarició con los labios y con la lengua, y después le deslizó una mano por la espalda y la pegó a la firme urgencia de su cuerpo.

Con un estremecimiento de excitación, Alissa olvidó su agotamiento y bebió los besos que él le ofrecía, devolviéndolos con un fervor y una pasión casi desconocidos en ella.

Aquello era lo único real. El cuerpo de Dario pegado urgentemente al suyo. Su boca, un instrumento de placer. Alissa le tomó la mandíbula con las manos y sintió un escalofrío de deseo al notar cómo él se estremecía contra ella.

¿Qué estaba haciendo?, se preguntó Dario.

Alissa había estado a punto de ahogarse. Instintivamente la apretó con más fuerza.

La imagen de Alissa luchando por mantenerse a flote le había traído a la memoria muchos trágicos momentos del pasado. Y se le encogió el corazón al darse cuenta de que había estado a punto de perderla.

Por fin encontró fuerzas para levantar la cabeza y respirar, aunque fue jadeando con dificultad.

Los ojos azules de Alissa lo miraban con perplejidad. Tenía los labios ligeramente hinchados y enrojecidos de sus besos, y las mejillas encendidas, un claro testimonio de la repentina pasión entre ellos.

¿Qué clase de hombre era, dejándose llevar de aquella manera por sus emociones? Su ira era producto de haber estado al borde de la muerte. ¿También era la causa de su incontenible deseo? ¿Y del miedo que le hacía saltar el corazón contra las costillas?

En aquel momento estaba sintiendo demasiadas cosas.

Y se sintió avergonzado. Alissa estaba traumatizada por lo ocurrido. Él no tenía derecho a tratarla así.

Más aún, ahora que la conocía un poco mejor empezaba a dudar de la opinión que había tenido hasta aquel momento de ella. Le gustaba lo que había descubierto de ella, y su instinto era protegerla.

La alzó en brazos y comprobó con placer que ella automáticamente le rodeó el cuello con los suyos.

–Vamos, Alissa, ya es hora de que te vea un médico.

Cinco días más tarde Alissa asistía con su marido a una recepción en un esplendoroso *palazzo* renacentista e intentaba entender el cambio que se había producido entre ambos. Ninguno de los dos había mencionado el apasionado beso que compartieron en el cobertizo de los botes, ni había hecho ninguna referencia al rescate, pero desde entonces la actitud de Dario había cambiado. Ya no la evitaba tanto, ni tampoco le hacía comentarios mordaces.

A veces ella lo miraba a los ojos y vislumbraba un destello del mismo ardor incandescente que casi la consumió el día del cobertizo. Un ardor que, para su vergüenza, echaba profundamente de menos.

Buena parte del hombre con quien se había casado seguía siendo un misterio. Desde su obsesión con recuperar el viejo *castello* a su silencio respecto a su familia y su pasado. También estaba el afecto de sus vecinos, y su cariñosa relación con las gemelas de Giorgio, a las que trataba más como un tío que como un magnate de talla internacional.

El día de rescate la dejó desconcertada. A pesar de su cólera, Dario no se desahogó con ella, sino que le dio el beso más dulce y más sentido que ella podía imaginar. Un beso que la dejó queriendo más.

Ahora, las reglas del juego habían vuelto a cambiar. Dario ya no era el hombre que conocía y de quien desconfiaba.

Dario no la soltó ni un momento. La llevó bien sujeta por la cintura mientras se movían entre grupos de dignatarios y personalidades. El roce de su aliento en el pelo y en las mejillas era como una sigilosa y continua caricia acentuada aún más por el grave y sensual tono de su voz cada vez que se acercaba a susurrarle algo al oído.

Todas aquellas muestras de intimidad y cercanía eran para la galería, Alissa era muy consciente de ello, pero eso no impidió que a ella se le colara bajo la piel, y la obligara a tratar de poner más distancia entre ellos.

–Dijiste que debíamos dejarnos ver juntos –susurró ella–, pero no que estuviéramos toda la fiesta como dos gemelos siameses.

–Tranquila, Alissa. Nadie nos tomará por gemelos –murmuró él acariciándole la cintura con los dedos.

El movimiento era casi imperceptible, para todos excepto para ella.

–Y ahora que ya nos hemos dejado ver, ¿podemos irnos? –preguntó ella tensa, tratando de ignorar la debilidad que se estaba apoderando de su cuerpo.

Dario bajó el brazo.

–No, aún tengo gente que ver –dijo él poniéndose serio–. Pero si prefieres no acompañarme...

–Prefiero.

Con un seco movimiento de cabeza, Dario le dio la espalda y se perdió entre los invitados. Alissa respiró aliviada. Cuando estaba cerca de él sus niveles de ansiedad se disparaban, pero ahora no podía apartar los ojos de él.

–Su esposo es muy apuesto, señora Parisi –dijo una voz a su lado.

Alissa parpadeó y volvió la cabeza para encontrarse con una elegante mujer de melena rubia e impresionante belleza que se había detenido a su lado.

–Gracias, señora...

–Soy Bianca Cipriani –dijo la mujer presentándose y tendiéndole la mano–. Su esposo tiene reputación de cruel. Muchas mujeres se lo pensarían dos veces antes de casarse con él.

Alissa contuvo el aliento. Era evidente que aquella mujer no pertenecía al club de fans de Dario.

–¿Qué es lo que quiere? –la interrumpió Alissa, yendo directamente al grano.

Cuanto antes terminará con aquello mejor. No quería una escena con una ex amante celosa.

–Sólo avisarle –dijo la rubia entrecerrando los ojos–. Si es usted inteligente, no le confíe nada de valor, como su corazón o su vida. Lo único que le preocupa es su dinero.

–¿Eso fue lo que le ocurrió a usted? –Alissa no pudo evitar la curiosidad de preguntar.

–¿A mí? –rió la mujer–. No, yo no soy su tipo. Su esposo siempre las ha preferido más bien como ella –añadió levantando el dedo y señalando.

Alissa siguió el gesto y vio a Dario en íntima conversación con una preciosa mujer castaña con un cuerpo escultural: alta, delgada y con el rostro sereno de una Madonna. Enfundada en un vestido de noche gris plateado, era la pareja perfecta de Dario. Éste, de pie muy cerca de ella, dejaba claro su interés con su lenguaje corporal.

Alissa se llevó una mano al estómago. Ver a Dario fascinado por aquella belleza morena le provocó náuseas.

Las últimas semanas Dario se había ido colando bajo sus defensas, haciendo añicos la opinión que tenía de él. Incluso le había dado a probar la fruta de la pasión, y ella, como una estúpida, había deseado más.

–¿Se encuentra bien? –las palabras de Bianca la despertaron de su estupor–. Se ha puesto pálida.

–Estoy bien.

Alissa dio la espalda a la pareja perfecta.

–¿Por qué lo odia? –preguntó a la mujer rubia.

–Él mató a mi padre –respondió ella.

–¿Qué?

La mujer parecía sincera. Un estremecimiento la recorrió.

–Mi padre tenía una empresa que anteriormente había pertenecido a los Parisi. Dario estaba obsesionado con recuperarla y el resto de la antigua fortuna Parisi. Cuando mi padre rechazó sus ofertas, Dario utilizó otros métodos para hacerse con ella.

–¿Qué quiere decir?

–Su esposo es un hombre muy poderoso –dijo la mujer con un encogimiento de hombros–. De repente la empresa empezó a tener problemas, nos cortaron las líneas de crédito y lo que había sido un próspero negocio perdió más de la mitad de sus vuelos. Mi padre tuvo que vender, pero le dieron una miseria. Sintió que nos había fallado a toda la familia, y se quitó la vida.

Dario sintió que se le erizaba el vello de la nuca al notar los ojos de Alissa en él. Sin precipitarse se volvió hacia ella y encontró los ojos azules clavados en él. Su corazón se aceleró al ver la piel cremosa, los brazos torneados, la turgencia de los senos bajo el escote cuadrado del traje de terciopelo negro. No llevaba joyas, pero con sus ojos color zafiro y la melena pelirroja no necesitaba adornos. El vestido era casi puritano en su sencillez, pero no lograba ocultar las formas femeninas de su cuerpo y él deseó quitárselo.

Tardó un momento en ver a la mujer que estaba a su lado. Bianca Cipriani. ¿Qué mentiras le estaría contando?, pensó y deseó que las dos mujeres no se hubieran conocido. Como si la buena opinión de su esposa le importara.

—Dario, ¿me estás escuchando? —dijo la mujer que estaba a su lado haciendo un mohín.

Automáticamente él se disculpó, dándose cuenta que apenas la estaba escuchando.

Frunció el ceño. Durante meses había pensado en casarse con ella después de divorciarse de Alissa. Era una mujer de mundo y sofisticada, pero dispuesta a obedecer sus deseos y vivir siguiendo las pautas que él marcara. Tenía clase, belleza, y era inteligente. Quería hijos. Era siciliana. Era la mujer perfecta.

Y sin embargo... Dario miró Alissa y notó de nuevo la tensión en el cuerpo y la excitación en la entrepierna. Irritado, se disculpó y fue a buscarla.

Alissa estaba sola. Los labios entreabiertos y rojos eran toda una invitación, aunque su cuerpo permanecía rígido, con una tensión que parecía acrecentarse a medida que él se acercaba.

«Esta noche», se dijo.

Sí, aquella misma noche pondría fin a aquel tormento, decidió cuando sus ojos se encontraron y una oleada de llamas ardientes le recorrieron las venas.

Llevaba semanas tratando de dominar aquel deseo, pero ya no podía más.

Haría lo que fuera necesario para terminar con aquella obsesión de una vez por todas.

Capítulo 8

SEÑORA Parisi, ha habido una llamada para usted. Con un mensaje para que llame a su hermana.

Al instante la soterrada ansiedad con la que Alissa había vivido las últimas semanas salió a la superficie y se transformó en miedo.

–Gracias –dijo y fue corriendo hacia las escaleras.

–Alissa –la voz de Dario la detuvo.

–¿Sí? –se volvió, pero no lo miró a los ojos.

En aquel momento no necesitaba el reto de su mirada.

–Tenemos que hablar. Cuando termines con la llamada, ven a mi estudio. Te estaré esperando.

Sorprendida levantó la vista, pero no pudo descifrar su expresión. Un temblor de excitación la recorrió de nuevo.

«¡No! Piensa en Donna. No imagines cosas que no son».

–Está bien –dijo ella, y fue a su dormitorio, rezando para que no fuera una mala noticia.

Dario se sirvió un whisky solo y lo bebió de un trago. Después se sirvió otro, pero el fuerte licor tampoco logró relajarlo. Estaba demasiado tenso, y su cuerpo ardía con un hambre que le hacía sentir como un adolescente. Pero aquello era más intenso, más inquietante. Más omnipresente. Era algo que además de torturarle el cuerpo le había secuestrado la mente.

Un soplo de aire le acarició la nuca cuando la puerta del despacho se abrió y él se volvió.

Allí estaba ella, su silueta iluminada por la luz de la lámpara que acariciaba cada curva de su sinuosa figura, y a él se le hizo un nudo en la garganta. El deseo, instantáneo y devorador, lo consumía.

¡Cómo la deseaba!

–Dario, tenemos que hablar.

–Precisamente lo que yo quería –dijo él apretando la mandíbula.

El sonido de su nombre en aquella voz susurrante le provocó una erección.

–¿Una copa?

–No, gracias.

Alissa se adentró en el estudio y él vio la determinación en sus ojos. Su esposa quería algo.

Algo en su expresión desencadenó su sistema de alarma interno. Sí, pasaba algo, y él se puso alerta.

¿Habría llegado el momento de que ella mostrara sus verdaderas intenciones? ¿Cuando ella intentara persuadirlo para alterar las condiciones del acuerdo al que habían llegado en Melbourne? ¿Intentaría una vez más conseguir el dinero para volver a la clase de vida a la que estaba acostumbrada y que ahora echaba de menos? Era lo que él esperaba desde el momento que Alissa firmó el acuerdo prenupcial.

–Me gustaría renegociar nuestro trato –dijo ella directamente, sin andarse por las ramas.

La inexplicable y frágil esperanza de que pudiera estar equivocado murió al instante, y en su lugar sólo quedó un enorme vacío.

–No hay nada que renegociar. Cuando heredemos, organizaré el divorcio y te pagaré tu parte.

Alissa dio un paso hacia adelante y él sintió todo el impacto de la intensidad de su mirada. A pesar de su cinismo, se sintió empequeñecer, lo que no hizo más que multiplicar su resentimiento. No le gustaba que jugaran con él. Hacía tiempo que sabía cómo protegerse de las argucias de una mujer ambiciosa.

–Ha surgido algo importante –dijo ella, y respiró profundamente, con lentitud, en un gesto previsiblemente femenino pero muy eficaz. Los ojos de Dario descendieron hasta el recatado escote y se detuvieron allí.

–¿No me digas?

–Sí –dijo ella, con un leve titubeo–. Necesito dinero. El dinero de la venta del *castello*. Por eso he pensado que...

¿Qué? ¿Que él se lo daría? Él no le debía nada. Al contrario, ella había disfrutado de la fortuna y las oportunidades que debían haber sido suyas. Dario apretó con fuerza los dedos alrededor del cristal, recordándose que no podía volver a olvidar las verdaderas intenciones de Alissa.

Porque nadie engañaba a Dario Parisi.

–Podemos firmar un contrato. Yo me comprometo a venderte mi parte del *castello* cuando heredemos, y a cambio tú me das su valor en metálico ahora.

A Dario no debería sorprenderle, pero le embargó una profunda sensación de decepción.

–Eso no será posible –respondió él apurando el vaso de whisky de un trago.

–Claro que es posible –insistió ella. Se acercó a él y su perfume, como una invitación al paraíso, se apoderó de sus sentidos–. Tus abogados podrían redactar un documento a tal efecto.

–En eso tienes razón, podrían. Pero ¿de qué me serviría si no tengo ninguna garantía de que algún día el *castello* llegue a estar en mis manos?

–No te entiendo.

–Es muy sencillo, esposa mía. Una vez que tengas el dinero, ¿qué te impedirá marcharte?

–Tendrías el contrato –respondió ella parpadeando sin comprender.

–De poco me serviría. No puedo reclamar el *castello* a menos que hayamos vivido juntos seis meses.

–Pero eso no cambiaría –le aseguró ella con ansiedad–. La única diferencia es que yo tendría mi parte un poco antes.

–¿Un poco? –Dario arqueó una ceja–. Bastante más que un poco. Además, no tengo ninguna garantía de que continuaras aquí.

–Tendrías mi palabra, y el contrato.

–Los contratos se pueden incumplir, y las promesas también –Dario dejó el vaso en la mesa y la miró. Incluso ahora, cuando ella intentaba sacarle dinero, no lograba aplacar su deseo.

–Pero es... es muy importante.

–No tengo la menor duda de que así lo crees.

–Lo es, de verdad –Alissa le rozó la manga con

los dedos, pero enseguida apartó la mano, como si le hubiera dado un calambre–. No es para mí –añadió con voz y ojos suplicantes.

Dario se preguntó cómo sería oírla suplicar, no por dinero sino por placer. Por el placer y el éxtasis que él podría darle.

–No es para mí, es para mi hermana –Alissa hizo una pausa y apretó las manos delante del pecho–. No sabes lo de mi hermana...

–Lo sé, me he ocupado de saberlo –le aseguró él para su sorpresa–. Donna, más joven que tú, también pelirroja y de ojos azules. Dejó pronto los estudios y se ha casado recientemente.

Alissa lo miraba con ojos muy abiertos. Era evidente que no esperaba de él que estuviera al tanto de cuanto rodeaba su vida.

–Es verdad –se humedeció los labios con un gesto inocente que a Dario casi le hizo gemir en voz alta–. Es para ella. Necesita dinero, mucho.

Dario alzó la mano para callarla. Estaba furioso. ¿Cómo se atrevía a utilizar a su hermana como excusa?, pensó recordando el informe del detective que había contratado. Su querida hermana había sido detenida en una discoteca siendo menor de edad, en el mismo lugar donde Alissa fue detenida en una redada antidroga.

–Ya sé que necesita dinero –dijo él con frialdad, recordando el resto del informe.

Su hermana se había casado con un granjero en mitad de una de las peores sequías de los últimos tiempos y tenían una fuerte hipoteca con el banco, aunque no corrían riesgo de perder la granja.

No, Alissa lo estaba utilizando como excusa.

–¿Lo sabes? –a Alissa le temblaba la voz–. ¿Lo has sabido desde el principio?

–Ya te dije que tengo un dossier completo sobre toda la familia.

–Entonces sabrás por qué necesito ese dinero con tanta urgencia.

–Por mí puedes buscar la forma que consideres más conveniente para ayudarla. Pero no esperes que sea a mi costa.

Alissa lo miraba con la boca abierta, incapaz de creer que fuera tan arrogante y tan insensible. ¿Cómo podía negarse a su petición? ¡Y más estando al corriente de la situación de Donna!

Y ella que había creído que Dario era diferente. Qué tonta había sido, dejándose engatusar por él.

–No es a tu costa. Es un dinero al que tengo derecho, que será mío cuando heredemos.

–Después de que vivamos casados durante seis meses.

Alissa apretó los puños con impotencia.

–Eres un cerdo egoísta y sin sentimientos, Dario –le dijo, haciendo un esfuerzo para contener un sollozo–. ¿Cómo puedes dormir por la noche? –susurró con una angustia que le encogía el corazón.

–Dime una cosa, Alissa –dijo él acercándose a ella con pasos lentos–. ¿Serías capaz de hacer cualquier cosa por ayudar a tu hermana?

Alissa atisbó en sus palabras un rayo de esperanza. Después de todo era un hombre sensible, sí, y encontraría la forma de ayudarlas.

–Por supuesto.

–Entonces tengo una solución para los problemas de tu hermana –continuó él.

–Gracias.

–Aún no la has oído.

–Lo importante es que haya solución –dijo ella con voz temblorosa.

–Oh, claro que hay solución –dijo él con una sonrisa en los labios y en un tono que le erizó el vello de la nuca–. Estaba pensando que no estamos cumpliendo las condiciones del testamento de tu abuelo. Estamos casados, pero no vivimos como marido y mujer.

Las palabras se clavaron como una espada en la confusión y el aturdimiento. Al menos ahora ella entendía la sonrisita masculina. Alissa quedó paralizada.

–¡Quieres sexo! –exclamó horrorizada.

–No sé de qué te sorprendes. Es lo que hacen los matrimonios.

–¡Pero no nosotros! ¡Nosotros no...!

–Claro que estamos casados, *cara* –la interrumpió él con un brillo en los ojos y una sonrisa diabólica de los labios–. Ésta es mi propuesta. Vive conmigo como si fueras mi esposa durante lo que queda de los seis meses y te adelantaré la mitad del dinero que te corresponde. El resto lo tendrás cuando nos divorciemos. Necesito una garantía de que no te irás antes de tiempo.

Alissa abrió la boca para protestar, pero no logró emitir ningún sonido.

–Hablaré con mis abogados y les diré que prepa-

ren la transferencia de fondos... si empiezas satisfa-
ciéndome ahora mismo –continuo él.

–¡Has perdido el juicio! –exclamó ella escandali-
zada–. Ni siquiera te gusto.

Él negó con la cabeza sin dejar de mirarla.

–No te hagas la inocente –le acarició la mejilla
con los dedos–. Lo que hay entre nosotros no tiene
nada que ver con gustar. No tienes que gustarme para
que me acueste contigo –murmuró él pegándose a
ella, con una voz que era una sensual caricia.

–¡Estás enfermo! –le espetó ella, sintiéndolo tan
cerca que apenas podía pensar.

–No, no te confundas. Sólo soy un hombre –deslizó los ojos a los senos que se alzaban una y otra vez
bajo el recatado escote del vestido–, con los deseos
propios de un hombre.

Haciendo un gran esfuerzo Alissa se apartó de él y
fue al otro lado del estudio. Jadeaba visiblemente y le
temblaban tanto las piernas que tuvo que apoyarse en
la ventana. Afuera la noche estaba totalmente oscura,
igual que los ojos de Dario, mientras ella se debatía
en un mar de emociones. Incredulidad, miedo, preocupación por su hermana, y... anticipación.

¡No! ¡No podía desearlo! Se rodeó la cintura con
los brazos y trató de pensar con claridad. Tenía que
recuperar sus defensas y plantarle cara.

–¿Así es como te gusta divertirte? ¿Jugando con
mujeres inocentes? –dijo volviéndose hacia él.

–¿Inocente? ¿La mujer que ha intentado robarme
lo que es mío? ¿La que se dedicaba a intercambiar
sexo y dinero por drogas de diseño?

–Yo nunca...

–¡Basta! –rugió Dario alzando la voz por primera vez–. Si vuelves a negarlo retiraré la oferta.

–Pero... –Alissa se interrumpió y hundió los hombros con desesperación, viéndose arrinconada en un callejón sin salida.

Buscó el respaldo de uno de los sofás. Necesitaba apoyarse en algo mientras el mundo se hacía añicos a su alrededor. Creía saberlo todo acerca de la impotencia y la humillación. La noche que su abuelo la empujó escaleras abajo cuando se negó a casarse con Dario. La noche que la policía le tomó las huellas dactilares en comisaría.

Pero aquello era el mayor insulto. Aunque no estaba dispuesta a darle la satisfacción de verla sufrir. En lugar de eso, recordó la voz de su hermana al otro lado del teléfono, fingiendo valientemente que todo iba bien, tratando de ocultar su preocupación y su desesperación. Eso le dio fuerzas para continuar.

–Si accedo... si me acuesto contigo, ¿me pagarás la mitad de mi parte de la herencia directamente y sin discusión?

Una sombría sonrisa se dibujó en los labios de Dario. Como si las palabras de Alissa lo complacieran e irritaran a la vez.

–Harás más que acostarte conmigo. Quiero satisfacción. Quiero estar dentro de ti –añadió con una voz ronca y pastosa–. Serás mía, cómo quiera y dónde quiera, hasta el divorcio.

Alissa lo miraba atónita, sin ver su rostro sino la imagen de los dos cuerpos entrelazados en su lecho. Y le avergonzó que a una pequeña parte de ella aquella propuesta le resultara tan excitante.

Estaba perdiendo el control de la situación. Nunca había estado con un hombre. Nunca había tenido el valor ni sentido el deseo de confiar tan íntimamente en un hombre como para entregarle su cuerpo. Sin embargo, ahora las palabras de Dario no sólo la repelían, también la atraían.

–Nada de sadomasoquismo ni cosas raras –dijo ella en un tono que sonó a rendición.

–Eso a mí no me va –repuso él con arrogancia.

–A algunos hombres sí.

–Tienes mi palabra de Parisi. No habrá nada de eso. Hay muchas formas de encontrar placer juntos.

Alissa casi se echó a reír ante su convencimiento. Ante su seguridad de que ella encontraría placer con él. Pero ignoró el pulso traicionero que le latía en la unión de las piernas.

–¿Y si accedo... me darás el dinero mañana?

–Te lo prometo.

Todavía indecisa, Alissa pensó en su hermana. Donna necesitaba el tratamiento antes de lo esperado, y aquélla era la única manera de conseguirlo. No tenía otra alternativa.

Hundida y humillada, dejó caer los hombros. No le quedaba más opción que entregarse a él.

Capítulo 9

DARIO esperaba con ansiedad su respuesta.
¿Qué demonios le había pasado? ¿Cómo se le había ocurrido ofrecer dinero a cambio de sexo? ¿Cómo había caído tan bajo?

Pero ahora, muy a su pesar, acababa de confirmar que la primera impresión que tuvo de ella era cierta. Alissa era capaz de utilizar a su familia como excusa para conseguir el dinero. Lo extraño era que hubiera preferido haberse equivocado.

Con las manos en los bolsillos la observó en silencio. A pesar de sus airadas protestas, conocía perfectamente sus reacciones. Los ojos que lo seguían cuando creía que no la veía, los labios que se entreabrían ligeramente cada vez que él se le acercaba. La corriente de deseo entre ellas. Sería un placer mutuo, estaba seguro.

Si es que ella estaba de acuerdo. Todavía no había aceptado plenamente.

Por fin Alissa se volvió y él contuvo la respiración, tratando de descifrar la expresión de su rostro. Pero ella no lo miró a los ojos.

Un comienzo poco prometedor.

Con perplejidad, Dario se dio cuenta de que estaba nervioso.

–Está bien, lo haré –dijo ella por fin con una voz tan tensa como su cuerpo.

Al instante el rostro masculino se relajó, como si la aceptación hubiera disminuido la tensión. Pero era imposible, ya que significaría que a él le importaba su opinión. Sin embargo, para él aquello era un juego, un ejercicio de dominación.

–Bien –los labios de Dario se curvaron en una lenta y seductora sonrisa –. Ven aquí, *cara*.

–¿Ahora?

Alissa no pudo ocultar su desasosiego. Lo que hasta entonces había sido temor se convirtió en desesperada valentía. Apretó con fuerza el respaldo del sofá.

–Ahora –Dario le tendió una mano.

Al mirarlo a los ojos, Alissa vio una resolución que le dio pánico.

–¡Aquí no!

–Aquí. Ahora –dijo él con tono autoritario.

¡No podía hablar en serio! Alissa dirigió una horrorizada mirada hacia la puerta.

–Podría entrar cualquiera.

–El servicio se ha retirado a dormir. Además, aquí nadie entra sin mi autorización expresa.

Alissa tragó saliva al ver el hambre depredador en su rostro. Nunca se había sentido tan pequeña, tan vulnerable.

–A no ser que prefieras romper el trato.

¡Lo decía totalmente en serio! Sin ninguna duda.

Una intensa rabia la enfureció.

Maldito Dario Parisi y sus pecaminosas ofertas, sus aires de superioridad y sus exigencias. A pesar de su inexperiencia, lo conseguiría y de paso le demostraría lo mucho que lo despreciaba. Y después, cuando tuviera su dinero, cuando Donna estuviera camino de Estados Unidos, le...

–Alissa.

Era un jadeo casi inaudible, un susurro cargado de sensuales promesas, una orden.

Los ojos grises se habían oscurecido y brillaban con un destello triunfal, pero ella lo ignoró. Ahondando en el pozo de indignación, sacó fuerzas de flaqueza para cruzar la habitación.

Dario apenas tuvo tiempo reaccionar. De repente ella estaba junto a él, pegándose sensualmente a su cuerpo, quitándole la pajarita de seda con una mano.

Su cuerpo se tensó al verla desabrocharle la camisa. Alissa era como una dinamo, un intenso torbellino que actuaba sin levantar la cabeza, sin mirarlo a los ojos. Sin embargo, verla desnudarlo con aquella determinación lo excitó mucho más. Sólo un gran esfuerzo lo mantuvo quieto, a la espera, dejándola actuar.

Alissa le abrió la camisa y se la deslizó por los hombros. Después bajó las manos por el pecho desnudo, le rozó los pezones y él apenas pudo reprimir una exclamación.

Dario estaba ardiendo. Nunca había permanecido inmóvil dejando que una amante lo desnudara, y menos con tanta desesperación. Era una situación increíblemente excitante y su deseo se multiplicó por mil, convirtiéndose en una fuerza explosiva impulsada por un hambre voraz.

Incapaz de permanecer inmóvil un segundo más, Dario estiró los brazos y le rodeó la cintura con las manos. Lo único que importaba era que Alissa era suya. Era más que la venganza, más que el deseo. Era mucho más primario y elemental.

El terciopelo de la cintura era exquisitamente suave, pero no tanto como su piel.

Mejor estaría desnuda.

Dario sonrió al inclinarse para tomarle la boca. Aquella sensual boca de sirena con la que tantas veces había soñado.

—¡No! —ella retiró la cara.

¡Lo estaba rechazando! En ese instante se sintió estallar.

Pero ella le plantó un beso con la boca abierta en la garganta y él se estremeció. Alissa le deslizó las manos por el pecho y le rozó los pezones con las uñas. Dario se sintió al borde de perder el control ante aquel inesperado cataclismo de sensaciones. Era una tortura exquisita, y la dejó continuar desabrochándole el cinturón y buscando con dedos levemente dubitativos la cremallera del pantalón.

Alissa continúo con la cabeza baja, siguiendo el movimiento de sus manos, hasta que por fin la tela cayó y él dejó escapar un gemido.

Dario levantó las manos para soltarle el pelo, pero ella fue más rápida y en un momento estaba de rodillas desabrochándole los zapatos.

Dario no dejó de mirarla mientras ella le quitaba zapatos, calcetines, pantalones, y se sentía totalmente al borde del abismo del placer al que ella le estaba llevando.

Lo había embrujado. Era la única explicación. Cada vez le costaba pensar con claridad.

Sujetándola por los hombros, la obligó a levantarse. Con los ojos cerrados le tomó las dos nalgas con las manos y la pegó contra él.

–Suéltate el pelo.

Era una súplica ronca que sonó como una orden. Segundos más tarde los largos mechones pelirrojos cayeron sobre sus hombros y más abajo, hasta descansar como una invitación sobre los senos aún cubiertos por la tela de terciopelo. ¿Cómo serían sobre la piel desnuda? Tenía que averiguarlo.

Armándose de la poca fuerza que le quedaba, Dario dio medio paso atrás y buscó la cremallera de vestido, que deslizó hacia abajo con facilidad. Después le alzó la falda con los puños y le levantó el vestido por la cabeza.

El terciopelo cayó al suelo y él contuvo la respiración. Bajó las manos y la contempló.

Era perfecta. Su piel era como la luz de la luna, pálida y luminosa, tanto que casi le daba miedo rozarla con las manos. Los senos eran firmes y turgentes, la cintura estrecha y delicada, y las caderas se redondeaban en una erótica invitación.

Con los mechones pelirrojos deslizándose sobre los senos, tenía todo el aspecto de una sirena, de una Venus, de un ángel.

Normalmente las mujeres que compartían su lecho se presentaban vestidas de sedas y encajes, con ligas y provocadores *bustiers*. Alissa llevaba simple algodón. De color añil, que contrastaba perfectamente con su piel blanca y cremosa.

–Mírame, Alissa.

Lentamente ella levantó la cabeza. Los labios eran dos sensuales curvas rosáceas, y la barbilla se alzaba regiamente, resaltando la esbelta garganta. En los ojos, un brillo azul abrasador.

A Dario le llevó un momento darse cuenta de que no era la imagen del deseo. Que la tensión en la mandíbula era un reto, no una invitación. Que los labios estaban apretados, no en un mohín.

Con incredulidad, sintió una punzada de remordimiento. No, no remordimientos, se aseguró inmediatamente. Alissa estaba allí por elección propia. Ella quería lo que él ofrecía. Él no se estaba aprovechando de ella.

Y sin embargo...

Lo que había entre ellos era mutuo, se repitió él. Lo había sabido desde el principio. Ni siquiera ahora podía ella ocultar el pulso rápido en la base de la garganta, ni su respiración dificultosa. Ella también lo sentía, aunque quisiera ocultarlo.

–Al sofá.

Las palabras de Dario fueron una orden más. Ya no podía permanecer más de pie a su merced, como un hombre desesperado, rendido ante ella.

Se agachó un momento a sacar un preservativo de la cartera y después se quitó los boxers. No podía permitir que lo hiciera ella. Estaba tan excitado que el mínimo roce de sus manos lo llevaría irremisiblemente al clímax.

Se volvió y se acercó al sofá, donde ella esperaba sentada con las rodillas unidas y la cortina pelirroja cubriéndole los senos. Una imagen mucho más excitante que si estuviera tumbada totalmente desnuda ante él.

Dario vio cómo los ojos femeninos se agrandaban al verlo, totalmente desnudo y excitado. ¿Eran imaginaciones sucias o la vio encogerse acobardada? No importaba. Pronto estaría suplicando sus caricias.

Se arrodilló delante de ella y dejó el preservativo cerca.

–¿Qué...? –titubeó ella en un hilo de voz cuando él le tomó el tobillo con la mano.

Dario le rozó la pierna con los labios mientras le desabrochaba la sandalia y después, con manos expertas, se la quitaba y le besaba la pantorrilla. Después hizo lo mismo con la otra sandalia.

A continuación, con los zapatos en el suelo, Dario se concentró en los muslos. Apenas necesitó una mínima presión para separarlos y aspirar la exquisita fragancia femenina.

Resistiendo la tentación, besó levemente el algodón que cubría la piel más sensible y después le acarició los muslos con los labios, con la lengua y con los dedos.

La languidez de Alissa se tornó en tensión y él, sonriendo, levantó la cabeza y subió hacia arriba, deslizando la boca primero sobre el vientre y después más arriba.

Era el paraíso, sentirse envuelto por sus muslos, en el centro de su ser. Enterró la cara bajo la melena y aspiró su fragancia. Después, buscó el tesoro que se escondía bajo la cortina pelirroja y le desabrochó el sujetador.

Con la boca buscó los pezones endurecidos y los

acarició primero con los labios para después succionarlos con la boca, sumergiéndose en un mar de placer.

–¿Te gusta, Alissa?

En los ojos de Alissa había un destello febril, claro testimonio de su deseo. ¿Estaba preparada para reconocer la fuerza de la pasión que existía entre ellos?

–Sí –dijo ella en un gemido casi inaudible.

Dario se estremeció. Necesitaba oírselo decir y saber que era mutuo.

Sólo cuando logró arrancarle suspiros de placer se incorporó y, medio tendiéndose sobre ella, le besó el pelo y los ojos cerrados, le recorrió con la lengua el perfil de la oreja y le mordisqueó el lóbulo.

Alissa se agitó inquieta bajo él cuando Dario deslizó los dedos bajo el algodón añil y encontró la prueba húmeda de su deseo. Sin rendirse, buscó el punto más sensible de su cuerpo y lo acarició despacio con el dedo.

Ninguna mujer había reaccionado de forma tan potentemente erótica. Tan gratificante. Tan excitante. Alissa le sujetó la cara con las manos y su cuerpo se arqueó hacia él con total abandono como si fuera lo único que daba sentido a su vida.

¡Sí!

Alissa dejó escapar un gemido de protesta cuando él se echó hacia atrás.

–Por favor –incluso su voz era una sensual invitación.

–Paciencia, pequeña –dijo él apartándose un momento.

Buscó el paquete de aluminio con los dedos y se colocó preservativo con urgencia. Le deslizó las bragas por las piernas y cuando volvió a mirarla ella estaba totalmente desnuda, jadeando de excitación. Dario bajó la cabeza y recorrió con la lengua el rastro que habían seguido sus dedos, buscando hasta el más íntimo de sus secretos.

Ella se estremeció y, sin pensarlo, le sujetó la cabeza con las piernas para acto seguido relajarse y abandonarse por completo.

–Por favor, Dario.

Él continuó acariciándola, disfrutando de su reacción al verla alzar las caderas y estremecerse en su boca.

–Dario –gimió ella de nuevo, un eco de su misma desesperación.

Él la sujetó por las caderas y la arrastró hasta el borde mismo del sofá. Allí se colocó delante de ella, preparado, necesitándola como nunca había necesitado a una mujer.

El roce de su miembro contra la cálida y húmeda piel femenina resultó casi insoportable y cerró los ojos. No, era demasiado pronto.

Con una sonrisa que debía parecer más una mueca, deslizó una mano entre ellos y la acarició. Con la punta de los dedos primero y adentrándose en ella después. Vio cómo los ojos de Alissa se abrían de par en par, y una vez más la acarició. Ella arqueó el cuerpo buscando la caricia.

Cómo la deseaba... No, cómo la necesitaba.

En la cara de Alissa brillaba una expresión maravillada, como si nunca hubiera sentido tanto placer. Él estaba a punto de estallar cuando ella le sujetó con las manos.

–Dario, ahora, por favor.

Le tomó la cara con la mano y aspiró su fragancia, una fragancia dulce y salada, una fragancia que era toda una tentación. Después le lamió la palma de la mano y ella cerró los ojos.

–Mírame –susurró él.

Alissa abrió los ojos a tiempo para ver cómo él le alzaba las piernas, se las ponía alrededor de las caderas y se colocaba a la entrada del paraíso.

–Sí.

Lenta e inexorablemente él empujó hacia delante, con el cuerpo totalmente tenso, y la penetró.

Tan intensa fue la sensación que a punto estuvo de no darse cuenta de la leve sensación de resistencia y la mueca de dolor que contorsionó las facciones femeninas.

–¿Alissa?

¿Le había oído? Dario se detuvo un momento al ver la angustia en la cara de Alissa, incapaz de comprender el mensaje que estaba enviando su mente. Pero entonces ella arqueó las caderas y él se movió hacia delante, sin pensar en nada más.

Ella gimió de placer y la tensión fue aumentando a medida que los cuerpos se movían cada vez más deprisa y con más frenesí. Alissa le rodeó el cuello con las manos y se quedó mirándolo a los ojos. Él estaba a punto de estallar. Un segundo más tarde, sintió los rápidos espasmos de Alissa bajo él, contrayéndose a su alrededor.

Dario disfrutó de un momento de íntima satisfacción al verla alcanzar el clímax y, segundos después se dejó llevar totalmente hacia al abismo, en una caída que pareció eterna, pero durante la que no la soltó.

Estaba demasiado agotado para pensar y lo único que pudo hacer fue dejarse llevar por las oleadas de placer que siguieron al orgasmo y acariciar la melena pelirroja con dedos temblorosos.

Acababa de experimentar el momento sexual más satisfactorio de su vida. Con su esposa.

Una esposa que hasta hacía cinco minutos había sido virgen.

Capítulo 10

ALISSA despertó con una sensación de bienestar impregnada en todas las células del cuerpo. Notaba que era de día, pero tenía las piernas y los brazos pesados, no le respondían, y su cuerpo se sentía relajado y satisfecho.

Vagamente se dio cuenta de que aquella mañana era diferente a otros días. La tensión que no la dejaba ni siquiera en las horas de sueño se había esfumado. Se desperezó lentamente, preguntándose qué...

De pronto se detuvo. La almohada en la que estaba apoyada no era tal sino un cojín de sólido músculo cubierto levemente de vello masculino. Tenía la pantorrilla entre dos muslos firmes y fuertes y una mano apoyada en la curva del hombro.

Dario. Estaba prácticamente tendida sobre él...

–Buenos días, *cara*. Confío en que hayas dormido bien.

Su voz, áspera y satinada, evocó deliciosos recuerdos de placer. Con el pulgar, él le dibujó lentos círculos de placer en la espalda, provocándole un escalofrío que la hizo arquear la espalda de tal manera que sus senos se pegaron al torso masculino.

La fricción, piel a piel, la despertó por completo.

–He...

Dario se tragó sus palabras apoderándose de su boca con los labios, a la vez que la rodeaba con los brazos hasta tenerla totalmente pegada a él. Le acarició la lengua con la suya, y le llenó la boca a sabor de chocolate amargo y miel. La besó sin prisas, disfrutando de cada segundo.

La noche anterior Dario dio la vuelta a la situación y la sedujo con tanta maestría que transformó su irritación en erótico abandono.

Incluso tuvo la delicadeza de limpiar las lágrimas del clímax y llevarla en brazos a su suite donde, a la luz de la luna, la bañó con agua templada antes de depositarla, entre atónita y agotada, en su cama. Se acurrucó contra ella, envolviéndola con su cuerpo como una manta, y en la noche, la despertó y volvió a llevarla hasta el éxtasis más absoluto.

Le tomó la cara y la besó, acariciándola con la lengua a la vez que deslizaba una pierna entre las suyas despertando deliciosas sensaciones por todo su cuerpo.

–*Cara*.

Su voz, grave y sensual, la hizo temblar de deseo, y fue suficiente para hacerla olvidar... hacerla olvidar...

¡Donna! ¿Cómo podía haberse olvidado, siquiera por un instante? Su hermana contaba con ella. Y ella sólo había accedido a la noche anterior por...

Dario interrumpió el hilo de sus pensamientos besándola con más intensidad.

¿Se había sometido a Dario sólo por el bien de su hermana? ¿O la había utilizado como excusa?

¿Estuvieron sus actos motivados por altruismo o

por egoísmo? De súbito recordó la crueldad de Dario, chantajeándola con la enfermedad de su hermana, y de repente su noche de placer inesperado se tornó en una de dolor y remordimientos.

–¡No! –sin aliento lo apartó y lo miró a la cara–. ¡Basta!

–¿Qué pasa, *cara*? –preguntó él relajando las manos y mirándola con aquella mirada intensa y sensual que era una nueva promesa de placer.

Alissa bajó la cabeza, con remordimientos. ¿Cómo había podido olvidar la única razón de estar allí? ¡Qué más daba que hubiera sido la experiencia más maravillosa de su vida! Lo que hacía unos momentos parecía un breve y bendito olvido de toda preocupación ahora la condenaba como una mujer cruel y egoísta. Y condenaba a Dario como... En eso no quería pensar.

Alissa se sentó y miró el reloj.

–Prometiste transferirme el dinero por la mañana –le recordó ella con la franqueza que la caracterizaba–. Los bancos ya están abiertos.

Dario no podía dar crédito a lo que estaba oyendo. Se echó hacia atrás como si le hubiera asestado un puñetazo.

Durante unos minutos que parecieron eternos se quedó mirando a Alissa, la mujer que le había dado más pasión, calor y placer de cuantas había conocido, la persona que le había hecho cuestionarse tantas cosas, no con palabras, sino con su aparente sinceridad y la generosidad de su cuerpo. De hecho, había llegado a pensar que no podía ser la mercenaria avariciosa que creyó en principio.

Sin embargo, lo había engañado.

Cuando descubrió que era virgen, él sintió remordimientos por haberla presionado para que accediera a acostarse con él, y después estuvo convencido de que se había equivocado con ella.

Pero lo cierto era que, a pesar de su virginidad, había jugado con él desde el principio. Entre ellos no había nada más allá del mero placer físico, y se sintió avergonzado por haber imaginado que había algo más entre ellos.

–He dicho que los bancos están abiertos –repitió ella.

Con los puños cerrados Dario la estudió. ¿Estaba intentando ponerle en su sitio? ¿Después de la intimidad compartida la noche anterior?

Al instante volvieron a su mente los lejanos recuerdos de miradas condescendientes y palabras arrogantes. Durante años había soportado el estigma de ser un marginado, de no ser lo bastante bueno. Su carácter independiente resultó una dificultad añadida a los diferentes padres de acogida con los que vivió. Todos querían que olvidara su pasado y su familia y se convirtiera en uno más de la nueva familia, y al no hacerlo lo etiquetaron de niño rebelde y difícil, un niño que nunca llegaría a nada.

Desde entonces se forjó una coraza alrededor del corazón que lo hacía insensible a muchas cosas. Hasta que Alissa entró en su vida e hizo estragos con su libido y su capacidad de juicio. Hasta que ella despertó emociones olvidadas mucho tiempo atrás. Y eso no se lo podía perdonar.

–Me temo que ésta no es la mejor manera de saludar a un amante –dijo él tratando de ignorar la tentadora imagen de Alissa con el pelo cayéndole como una sensual cortina sobre los hombros pálidos y suavemente redondeados.

Las deliciosas curvas de su cuerpo que habían sido suyas la noche anterior se adivinaban a través de las sábanas.

–¿Por qué no? –preguntó ella con voz dura, muy distinta a los gemidos de placer que había arrancado de su garganta una y otra vez–. Es el único motivo de que estemos juntos en esta cama.

La ira se apoderó de él, provocando un torbellino de emociones encontradas. ¿O sea que la noche anterior no había sido más que sexo por dinero?

–Te recomendaría que pulieras un poco esos modales, *cara*, o quizá tu próximo amante no sea tan generoso.

–¿Generoso? ¡Qué caradura! Tú no tienes nada de generoso, Dario. Venderías a tu abuela si creyeras poder sacarle beneficio –le acusó ella sin ser consciente de lo mucho que la familia significaba para él–. Me he ganado hasta el último centavo del dinero que me debes.

Dario la vio tragar saliva y desviar la mirada como si verlo ofendiera su sensibilidad.

–Y estoy segura de que sabrás cómo sacarle rendimiento a tu dinero los próximos meses.

Dario sintió un escalofrío al oírla, en parte porque era verdad. Incluso ahora, nada podría evitar que le hiciera el amor una y otra vez. A pesar de su vapuleado orgullo, una noche con ella no era suficiente.

–Afortunadamente tú tienes un talento innato para el placer, ¿verdad, Alissa?

Con satisfacción la vio ruborizarse, seguro de que al menos algunas de sus reacciones habían sido sinceras: la expresión de sus ojos a llevarla al orgasmo una y otra vez, la suave cadencia de su cuerpo al moverse sobre él, la inseguridad con que le había dado placer.

Dios. Sólo recordarlo lo excitaba.

–¿Por qué eras virgen? –le preguntó sin pensarlo.

Alissa arqueó las cejas.

–Porque no me gustan los hombres – respondió ella directamente.

Con estupefacción, Dario se preguntó si no sería... No, imposible, al menos a juzgar por cómo había reaccionado con él.

–Al menos no tanto como para querer acostarme con ninguno de ellos –añadió Alissa como si le hubiera leído el pensamiento.

–¿Por qué no? –Dario tenía que saberlo.

–Todavía no he tenido ninguna relación con ninguno que no haya querido controlar mi vida –le brillaban los ojos de rabia–. ¿Podemos cortar la cháchara mientras organizas lo del dinero?

Lentamente, Dario se desperezó y cruzó las manos detrás de la cabeza. Pensaba cumplir la promesa de darle el dinero, sí, pero no iba a bailar al son que ella marcara.

–Enhorabuena –murmuró–. Tienes que ser la mujer más avariciosa que he conocido.

–¿No esperarás que me disculpe? –Alissa se echó hacia adelante, espoleada por la rabia–. ¿Crees que debo sentirme avergonzada a pesar de que sabes para qué lo necesito? –dijo con un atisbo de lágrimas en los ojos que rápidamente reprimió.

Sin contestar, Dario se levantó, fue al vestidor y se puso unos vaqueros. Alissa se levantó tras él y, cubriéndose con la sábana, lo siguió y lo sujetó con firmeza por el brazo, tratando de detenerlo.

–¡Dario, me debes ese dinero! ¡Me lo debes! –insistió ella tirándole del brazo.

Él se volvió con la cara desencajada.

–¡Basta ya! Dame el número de cuenta y a la hora de comer tendrá dinero más que de sobra para comprar una docena de granjas.

O más probablemente para gastárselo en sus caprichos.

–¿Granjas? ¿Qué granjas?

–La de tu hermana –dijo él.

Se zafó de su mano y sacó una camiseta.

–¿Creías que quiere el dinero para eso? –preguntó ella estupefacta–. Dijiste que nos habías investigado, que lo sabías todo sobre nosotras.

–Pagué a una agencia de detectives australiana –dijo él con un asentimiento de cabeza–, e hicieron un trabajo excelente.

–No tan excelente –murmuró ella–. No comprobaron los historiales clínicos, ¿a que no?

–No que yo sepa –dijo él viéndola llevarse un puño cerrado al pecho–. ¿Por qué?

Tras un silencio, Alissa levantó la cabeza y lo miró a los ojos.

–Porque mi hermana está enferma y su única esperanza es un nuevo tratamiento en Estados Unidos. Sin él morirá –respiró lentamente–. Cuesta una fortuna. Y ni ella ni su marido tienen dinero. Ese dinero sólo podía conseguirlo yo casándome contigo.

El mundo empezó a girar a su alrededor descontroladamente, como si se hubiera salido de su eje, y Dario sintió una presión en el pecho que le dificultaba respirar.

¿Era posible que se le hubiera pasado por alto algo así?

Sí, claro que no era.

La verdad de las palabras de Alissa era fácilmente comprobable.

Algo se le desgarró por dentro al darse cuenta de todas las implicaciones de lo que acababa de saber.

–Cuéntamelo –dijo él tenso tras una máscara que escondía sus emociones.

Había dejado caer la camiseta y estaba delante de ella, desnudo de cintura para arriba, con los brazos colgando a los lados.

Alissa no pudo evitar reparar en la perfección de su cuerpo y sentir un escalofrío de placer, y se odió por ello.

–No hay nada que contar –ella bajó la mirada–. En Australia los médicos no pueden hacer nada por ella y la Seguridad Social no cubre el tratamiento en el extranjero.

–¿Cuándo la diagnosticaron?

–Hace dos meses.

Alissa vio dolor en los ojos grises. ¿Creería ahora que había aceptado casarse con él sólo por ayudar a su hermana? Se mordió los labios. Su opinión era lo que menos debería preocuparle, se recordó.

–Entonces no me pediste dinero.

–No me vengas con tonterías. Tú dejaste muy claro desde el primer momento que me odiabas –le espetó ella–. Yo lo tenía todo planeado con Jason hasta que apareciste tú y lo estropeaste todo.

–Podías habérmelo dicho –dijo él en voz baja.

–Sí, claro. A juzgar por tu actitud, cualquiera diría que disfrutabas con nuestras desgracias –le recordó ella.

–¿Me creías capaz de ignorar que tu hermana estaba en peligro de muerte? –dijo él con las mandíbulas apretadas–. ¿Que podía caer tan bajo?

–¿Más bajo que obligarme a acostarme contigo a pesar de lo que nos odiamos? –la voz de Alissa se entrecortó y ella desvió la mirada con remordimientos, consciente del inmenso placer que le había proporcionado el chantaje al que Dario le había sometido.

–Pensaste que la dejaría morir –dijo él. No era una pregunta, era una afirmación–. Que sería capaz de negociar nuestro acuerdo en esas circunstancias.

La voz de Dario, falsamente calmada y distante, la inquietó, y Alissa se atrevió a mirarlo. Lo que encontró la dejó perpleja. El hombre ante ella era un desconocido, con la mirada vacía y profundas líneas alrededor de la boca. Su piel había cobrado una palidez inusitada.

–Cuéntame qué le pasa. ¿Ha tenido un accidente? –continuó él en una nueva actitud, práctica y realista.

–No, nada de eso. Es una enfermedad del hígado y otras complicaciones debido... a unos años un tanto desmadrados.

–¿A qué te refieres con «desmadrados»?

–Alcohol, hombres, drogas.

Tras una vida de total obediencia a su abuelo, Donna se había rebelado por todo lo alto y se había entregado a una vida de sexo y drogas que Alissa no fue capaz de detener. Adicta a los diecisiete años, en rehabilitación a los dieciocho, matrimonio y al borde de la muerte a los veinte.

–Entonces era menor, ¿no? –preguntó él.

–¿Cómo lo sabes? –Alissa se volvió a mirarlo.

Dario la observaba con una mirada comprensiva.

–La agencia de detectives no se equivocó en eso.

–Cuando nos fuimos de casa de mi abuelo yo tenía dos trabajos y pasaba muchas horas fuera de casa. No me di cuenta de que Donna utilizaba mi carné de identidad para entrar en discotecas y bares hasta que fue demasiado tarde.

–Eso lo explica todo. La confundieron contigo. Su comportamiento, las drogas, los hombres... Era ella, usando tu carné de identidad, haciéndose pasar por ti –dedujo él, empezando a encajar las piezas del rompecabezas.

Alissa asintió en silencio.

–¿Y la noche de la redada?

–Yo había ido a buscarla.

–¿Llevaba drogas?

Alissa asintió. Con rabia y desesperación había intentado apartar a Donna del tipo que trataba de arrastraba con él al abismo, tentándola con aquel veneno y dinero.

–Tú le quitaste la droga cuando llegó la policía, ¿no? –concluyó Dario.

–¿Qué otra cosa podía hacer? ¡Es mi hermana pequeña! –durante un momento sus miradas se encon-

traron, hasta que ella apartó la suya–. A la larga fue
lo mejor. Verme esposada y detenida la convenció
para buscar ayuda. Desde entonces está limpia.

A Alissa le temblaban los labios y se mordió el labio inferior con rabia, sin querer dejarse llevar por el
miedo. Encontraría la forma de salvarla de nuevo.

–Alissa –la voz de Dario la sacó de sus pensamientos–. Lo siento. Perdóname por todo. No...

–¡No! –Alissa se puso en pie y se apartó de él–.
No quiero oír ninguna disculpa. Ahora no. Lo único
que quiero es el dinero que me gané anoche.

Capítulo 11

AHORA tienes mucho mejor aspecto, cariño –dijo Alissa sonriendo a las pálidas facciones de su hermana, tan parecidas a las suyas.

–No exageres –sonrió su hermana débilmente en la cama del hospital–. Me he visto en el espejo.

–Hazme caso, y David está tan enamorado de ti como hace cuatro meses, cuando os casasteis. No hay más que ver cómo te mira. Para él eres la mujer más guapa del mundo.

Donna sonrió al oír hablar de su esposo.

Inevitablemente, Alissa pensó en Dario, el hombre silencioso, distante y por encima de eficiente que se había ocupado de todo lo necesario para el tratamiento de Donna en Estados Unidos: buscar el mejor hospital, poner a Donna la primera en la lista de espera, alquilar un apartamento cercano para David y contratar a un gerente para la granja durante su ausencia. También había alquilado una lujosa vivienda para Alissa y para él a poca distancia del hospital.

Donna y David creían que era el comportamiento de un marido enamorado, pero Alissa sabía que era el resultado de su mala conciencia.

–Igual que Dario te mira a ti –dijo Donna.

Alissa no respondió. Sabía que su hermana estaba

exagerando, pero ¡cómo deseaba que sus palabras fueran ciertas! La atracción que sentía por él era tan fuerte como siempre.

Más fuerte incluso. Porque ahora conocía el éxtasis que era estar en sus brazos, la ternura con que trataba a una amante, como si fuera la única mujer del mundo.

–Deberías estar más tiempo con él y no pasar todo el día conmigo.

–¿Por qué crees que estoy en Estados Unidos? –sonrió Alissa–. Por ti, cielo –le apartó un mechón de la cara con gesto maternal.

No en vano ella había tomado siempre el papel de madre con ella.

–Pero podrías aprovechar para una segunda luna de miel con el guapísimo de tu marido –insistió Donna levantando y bajando pícaramente las cejas.

Alissa forzó una sonrisa y bajó los ojos. Aunque tras la noche de pasión compartida se dijo que no quería volver a acostarse con él, ahora el mero hecho de saber que dormía en la espaciosa suite junto a la suya despertaba en ella una necesidad imperiosa de volver de nuevo a sus brazos.

Sin embargo, era evidente que él ya no se sentía atraído por ella. Se mostraba en todo momento escrupulosamente distante y reservado.

–Alissa, ¿qué te pasa? –preguntó Donna al ver el cambio en su expresión–. Es por el matrimonio, ¿verdad? Sabía que me estabas ocultando algo.

–No pasa nada –protestó Alissa, maldiciendo a su hermana en silencio por ser a veces tan perspicaz, sobre todo con ella –. Como tú misma has dicho, tengo un marido guapísimo que me hace muy feliz.

–No eres feliz –afirmó Donna estudiándola con los ojos entrecerrados–. Además, yo siempre pensé que después del abuelo querías vivir sola. Y Dario apareció justo cuando tú dijiste que encontrarías la manera de...

–Te estás imaginando problemas donde no los hay –la interrumpió Alissa.

–Es él, ¿verdad? ¡El mega súper rico siciliano con el que el abuelo querías que te casaras! –exclamó Donna horrorizaba–. Dime que no te casaste con él por mí. Por el dinero para mi....

–¡Claro que no! No... –bajo la dureza en los ojos de Donna, Alissa titubeó, incapaz de inventar una respuesta que no sonara a otra mentira.

Afortunadamente en ese momento la puerta se abrió y entró el médico de Donna, acompañado por un séquito de médicos jóvenes en prácticas.

–Señora Kincaid, me alegro de que esté despierta. Tengo los resultados de los análisis.

Dario fue a su habitación. Una vez más había trabajado hasta media noche, tratando de acallar las emociones que lo asaltaban y desestabilizaban. Remordimientos además de deseo por una mujer a la que había manipulado y de la que había abusado tan cruelmente.

Por primera vez se sentía avergonzado de sus actos y se despreciaba por lo que le había hecho. A pesar de todo la echaba profundamente de menos. Su fuerza inquebrantable, su espíritu indomable, su actitud rebelde y su negativa a ser dominada por él.

Su entrega total a la pasión física. Y cómo le hacía sentir. Al pasar junto a su dormitorio aminoró el paso. No la había visto en toda la tarde.

Se detuvo. Entonces fue cuando oyó un llanto apagado y desesperado, y al instante se tensó. No la había oído llorar en ningún momento excepto la noche que perdió la virginidad.

Abrió la puerta y entró. Alissa estaba sentada en el banco de la ventana, con los brazos alrededor de las rodillas, los pies descalzos, y cubierta únicamente con una camisola de dormir.

Estaba perfecta.

–Alissa –en un instante cruzó la habitación y se acercó a ella, pero hundió las manos en los bolsillos para evitar la tentación de tocarla–. ¿Que te pasa? Cuéntamelo.

Al oír la voz de Dario Alissa tragó el nudo de emoción que le llenaba la garganta y se frotó los ojos con una mano.

–Alissa, dime qué te pasa –insistió él sentándose a su lado y pasándole un brazo por la espalda–. ¿Es tu hermana? ¿Está bien?

–Sí, está bien. El médico le ha dado los resultados de las pruebas –respondió ella haciendo un esfuerzo para controlar su voz–. Tardará un tiempo, pero el tratamiento ha sido un éxito. Vivirá –añadió con una trémula sonrisa.

–¿Entonces qué te pasa? –preguntó él acariciándole la espalda con un movimiento circular para consolarla.

Estaba tan cerca que Alissa podía sentir el aliento cálido en la mejilla. Se mordió el labio.

–No... no lo sé –era un gemido de desesperación. Debería estar feliz por su hermana, pero algo se había desgarrado en su interior y llevaba varias horas sin poder dejar de llorar–. Yo no lloro –sollozó–. No lloro nunca.

–Shh, lo sé, lo sé –Dario la rodeó con un brazo y la apoyó en su pecho.

Ella se acurrucó contra él. Era como si hubiera perdido la fuerza que le había mantenido durante tanto tiempo, primero en el enfrentamiento con su abuelo, después durante la adicción de Donna y por último su enfermedad. Además también había luchado contra las exigencias de Dario.

Pero ahora... ya no podía más. Se sentía confundida, y tenía miedo.

Los brazos de Dario la rodearon y la alzaron en el aire.

–¿Qué haces?

–Llevarte a la cama. No puedes quedarte aquí toda la noche.

Alissa le dejó hacer. Era su enemigo, pero no pudo resistirse a apoyarse en él y dejarse llevar por la ilusión de que a su lado estaba protegida y cuidada.

Minutos más tarde estaba acurrucada en el centro de la enorme cama, temblando de escalofríos hasta que él se metió en la cama con ella y la abrazó.

–No. No –se tensó ella y luchó para escapar–. No quiero...

–Shh, Alissa, sólo quiero abrazarte. Nada más –la tomó en brazos y la apretó contra el calor de su pecho–. Estás agotada. Tienes que entrar en calor.

Con un gesto inconsciente, Alissa se frotó el antebrazo. Era un gesto nervioso que ahora hacía sin darse cuenta.

–¿Qué te pasa en el brazo? ¿Te has dado un golpe? –preguntó él.

–Es una herida antigua, ya no me duele.

–¿Qué pasó? –preguntó él en voz muy baja, acariciándole el lóbulo de la oreja con los labios.

Ella se estremeció.

–Me rompí el brazo hace unos años –contestó ella, pensando que después de todo lo que había pasado ya no merecía la pena seguir guardando secretos–. Mi abuelo me dio un empujón que me tiró por las escaleras.

–¡Pudo haberte matado! –exclamó él acariciándole la muñeca, como si quisiera calmar un dolor ya inexistente–. ¿Cómo ocurrió?

–Con un certero empujón –repuso ella torciendo los labios–. Mi abuelo no solía fallar en esas cosas. Primero hizo de la vida de mi madre un infierno, y cuando ella murió, se concentró en nosotras. Castigo necesario, lo llamaba.

El brazo de Dario le apretó con fuerza la cintura y la pegó más a él. Alissa dejó escapar un suspiro mientras él continuaba acariciándole el brazo con la otra mano.

–¿No lo vio nadie?

–Nadie lo quiso ver –dijo ella con asco–. Cuando era más joven intenté buscar ayuda, pero mi abuelo era un hombre importante y nadie me hizo caso. Él tenía dinero y poder, y nadie quiso saber. Él se aseguró de que todo el mundo creyera que yo era una desagradecida que sólo sabía meterse en líos –Alissa suspiró–. Estaba obsesionado con controlar todas nuestras vidas, desde la ropa que llevábamos a la gente con la que nos relacionábamos. Lo peor no eran las palizas, sino la manipulación, la lucha continua por dominarnos.

Dario recordaba el destello en los ojos de Gianfranco Mangano protestando contra el comportamiento de su nieta y aseguraba que la joven necesitaba mano dura. Por eso deseaba casarla con un hombre fuerte que la mantuviera a raya.

En aquel entonces Dario creyó que el anciano estafador sin escrúpulos simplemente tenía lo que se merecía en forma de una nieta tan terrible como él.

Entonces recordó la ansiedad en los ojos de Alissa en el cobertizo de los botes, y su reacción cuando, al reprocharle su acción, ella se echó hacia atrás y se puso en pie, como huyendo de él. ¿Quizá por temor a que él le pegara?

Los remordimientos se apoderaron de él.

–¿Por qué te pegó?

La imagen de Alissa tirada en el suelo al pie de las escaleras de la lujosa mansión de Mangano le dio náuseas.

–Le desobedecí –murmuró ella en voz tan baja que apenas se oía–. Una amiga me invitó a una fiesta de los años 60 y fui. Todo el mundo iba en minifalda o pantalones de campana, pero fue una fiesta normal. Después su hermano me llevó a casa –Alissa se interrumpió y respiró profundamente–. Yo pensaba entrar sin hacer ruido, pero mi abuelo aún estaba despierto porque tú habías ido a visitarlo.

Dario recordó aquella noche. Sentado en el coche aparcado fuera de la casa, furioso ante la insistencia del anciano para que se casara con su nieta. Dario la había visto salir del coche vestida con una minifalda y el pelo suelto, y recordó sentir celos de su joven acompañante, porque él fue el destinatario de su radiante sonrisa de despedida. Desde entonces aquel recuerdo lo había enfurecido por su capacidad de despertar su libido.

—Estaba enfadado por la fiesta —continuó ella—, pero lo que de verdad lo enfureció fue la discusión que tuvimos por ti.

—¿Por mí? —Dario sacudió la cabeza tratando de seguir el hilo de la argumentación—. ¿Discutisteis por mí?

—Quería que me casara contigo. No era la primera vez que me lo decía, pero cuando tú fuiste a verlo creo que lo vio como una posibilidad real.

El tono neutro de su voz no engañó a Dario. Sabía que bajo él se ocultaba un profundo dolor.

—Estaba tan entusiasmado que quería organizarlo todo lo antes posible —Alissa hizo una pausa—. Me exigió que firmara un contrato matrimonial, y yo me negué. Entonces él perdió los nervios y me empujó. Yo terminé en el hospital con un brazo y una costilla rotos.

Su forma de relatarlo con tanta naturalidad revelaba un horror que Dario jamás había sospechado. Se sintió contaminado, sucio, y se dio cuenta de que él también había sido culpable. Porque si hubiera continuado rechazando los planes de Mangano como al principio, aquello no habría ocurrido.

–No puedo respirar –protestó ella casi sin voz.

Dario se percató de que la estaba apretando casi con saña. Al instante aflojó los brazos, pero no pudo contener el temblor de su cuerpo.

–Lo siento, Alissa –le susurró junto a la mejilla–. Lo siento mucho. Perdóname.

Ahora entendía por qué ella no quería ni verlo. Apenas podía imaginar el estrés que había soportado ella. Sólo ahora que Donna estaba bien, las defensas de Alissa se habían debilitado y su formidable control se había hecho añicos.

Capítulo 12

CUANDO despertó, Alissa tenía los ojos hinchados de llorar y el sabor de las lágrimas todavía en la lengua.

¿Cuánto hacía que no lloraba? Años. Poco después de la muerte de su madre Alissa se dio cuenta de que su abuelo disfrutaba con su miedo y su dolor, por lo que reprimió sus emociones y fingió ser más fuerte de lo que en realidad era.

Hasta aquella noche cuando, al desaparecer sus peores temores, ya no necesitaba ser fuerte.

Tras una noche de sueño profundo y reparador, se sentía como flotando en un mar tropical.

Sin embargo, no era el océano lo que la acunaba, sino el cuerpo sólido y musculoso de un hombre. Durante la noche se había acurrucado contra Dario hasta quedar totalmente pegada a él, con un pie metido entre sus rodillas, y una mano entrelazada en su pelo.

La delicada caricia del pulgar en la espalda la hizo contener el aliento y entreabrió los labios con un jadeo que llevó a su boca el sabor de la piel masculina.

En un instante, el consuelo se transformó en deseo.

La tormenta de emociones de la noche anterior había dejado sus defensas rotas, y ahora ni siquiera podía fingir indiferencia. Se arqueó contra él como un gato desperezándose.

Sí, aquello estaba bien, lo sabía en lo más profundo de su ser. No podía negar el anhelo que sentía, por Dario, por el éxtasis que él había despertado en su cuerpo inexperto, por el potente vínculo que los unía.

Era una irresponsabilidad, pero no le importaba. No ahora cuando todo le había confirmado que él era el hombre de su vida.

Le apretó los labios en la garganta y deslizó la lengua por la piel cálida y salada.

Notó la mano abierta de Dario deslizándose espalda abajo y tomándole las nalgas para pegarla a él. Entonces encontró la prueba irrefutable de su deseo. Impaciente, se movió en círculos contra él, acariciándolo con la pelvis, endureciendo su deseo.

–Apenas estás despierta, Alissa –dijo él deteniéndola–. Será mejor que pares.

¿Por qué? ¿Ya no la deseaba? Hacía semanas que no acudía a su lecho, y sin embargo su deseo era claro. Alissa volvió a girar las caderas y comprobó con satisfacción la potencia de la erección contra su vientre.

–Alissa –era un gruñido de advertencia que en lugar de tranquilizarla la excitó aún más.

Porque quizá aquélla fuera su única oportunidad de volver a sentir las maravillosas sensaciones de la primera noche.

La vida le había enseñado que la felicidad era esquiva, y ella estaba resuelta a conseguir lo que quería en ese momento.

Levantando la otra mano, le enmarcó la cara con los dedos y le plantó un beso en la boca, acallando sus palabras de protesta con la lengua y con los labios, besándolo como él le había enseñado.

Alissa se sentó a horcajadas sobre él y se estiró cuan larga era sin dejar de besarlo, de acariciarlo con los labios y con la lengua, hasta que por fin, con un estremecimiento que hizo vibrar ambos cuerpos, Dario cobró vida. Entrelazó su lengua con la de ella y ladeó la cabeza para besarla mejor. Deslizó la mano bajo el algodón de la camisola y le tomó las nalgas desnudas con los dedos.

Con la otra mano se quitó los boxers de seda y Alissa contuvo un gemido al notar su erección levantarse bajo ella.

Sin soltarla, él le acarició los senos con la punta de los dedos y le pellizcó los pezones con las uñas, arrancando de los labios femeninos gemidos de placer y sintiendo cómo ella se entregaba totalmente a la pasión.

Pero no era suficiente. Alissa lo necesitaba. Con un esfuerzo supremo, consiguió coordinar los dedos lo suficiente para subirse la camisola y quitársela por la cabeza.

Después quiso mirarlo a los ojos. Quería ver en los ojos grises el deseo que sentía por ella, su necesidad.

Pero ¿y si no era así? ¿O si lo que sentía por ella era lástima, después de oír los malos tratos a los que fue sometida por su abuelo?

Cobarde como era, Alissa mantuvo los ojos cerrados, diciéndose que sólo buscaba el placer físico. Sabía que era una mentira, pero era incapaz de mirarlo, todavía no.

—Alissa —el ronco susurro masculino, las leves caricias de sus dedos, casi le hicieron cambiar de opinión.

Quería de nuevo sentir aquel vínculo, como si hubieran compartido sus almas, mirándose a los ojos al entregarse mutuamente.

Pero aquello era suficiente. Tenía que ser.

Con un gemido de placer se apretó a él y lo besó desesperadamente. Él respondió con la misma intensidad y la alzó ligeramente para deslizar su miembro duro y excitado contra su piel.

–Dario –era una súplica.

Las manos masculinas la sujetaron por las caderas y ella apoyó las suyas en sus hombros.

–Ven a mí, Alissa –susurró él–. Ven a mí.

La alzó un poco más y ella, al sentirlo allí donde más lo necesitaba, se dejó llevar y dejó que él la hiciera descender lentamente y envolverlo con su cuerpo. La potencia y sensualidad del movimiento la dejó sin aliento.

Bajo ella, Dario se movió y le arrancó un nuevo grito de placer, a la vez que la subía y bajaba sobre él en una danza primitiva de placer.

–Por favor, Dario –Alissa le clavó los dedos en la piel, pero él no se detuvo.

Sus movimientos se hicieron cada vez más fuertes, más rápidos, aumentando la tensión hasta llevarlos a los dos al momento del éxtasis. El instante del placer mutuo se multiplicó y se expandió. Por fin, temblando, Dario la rodeó con los brazos y la tendió sobre él, jadeando.

Con los labios le acarició el pelo y el lóbulo de la oreja y Alissa sintió una nueva explosión en su interior. Se tensó y al instante se desplomó, sin fuerza.

Dario la pegó a él, atónito ante la perfección de lo que acababan de compartir.

Alissa se movió a su lado y él sintió de nuevo la reacción inesperada de su cuerpo. Aquel sensual cosquilleo tan pronto después del orgasmo era inaudito, aunque nada en su relación con ella se parecía a experiencias anteriores.

La necesidad de poseerla era un nuevo fenómeno. Él nunca había compartido a sus amantes, pero tampoco había tenido aquella imperiosa necesidad de que fuera sólo suya. ¿Era porque llegó hasta él siendo virgen? Deslizó las manos por las curvas femeninas y la apretó contra él.

Saber que era su primer hombre, que todo lo que sabía lo había aprendido de él, lo excitaba profundamente. Se sentía como un conquistador que había ganado el primer premio.

Quería... Su mano se detuvo sobre la cadera. Con los ojos abiertos en la oscuridad de la noche, se dio cuenta de lo que acababan de hacer.

Sexo sin protección.

Era impensable, increíble. Nunca en su vida había perdido tanto el control como para olvidar el preservativo. Nunca.

Apretó la mandíbula y sintió cómo se endurecía de nuevo recordando el placer del orgasmo recién vivido, sin ningún tipo de barreras entre ellos. Un placer que no había sentido nunca.

No había riesgo de enfermedad, pero sí de embarazo. Supo que no tardaría en sentirse atenazado por la posibilidad de que sus peores temores se hicieran realidad.

Alissa suspiró y se frotó la cara contra su cuello.

En lugar de temor lo único que sintió él fue satisfacción de haber plantado su semilla en ella.

¿Qué demonios le estaba pasando?

Tres horas más tarde se había duchado y vestido mientras ella continuaba durmiendo, y estaba sentado en un sillón tratando de leer un informe. Pero con ella tan cerca, desnuda bajo las sábanas, era incapaz de concentrarse.

Sin saber cómo, Alissa se había convertido en una importante parte de él. La necesitaba. Al menos hasta que se le pasara aquella fascinación, cosa que tarde o temprano ocurriría.

–Hola, Dario –dijo ella con voz ronca desde la cama–. No esperaba verte aquí.

–Buenos días, ¿has dormido bien?

La vio sonrojarse y al recordar el rubor de sus mejillas al alcanzar el orgasmo apenas un par de horas antes volvió a endurecerse.

–Sí, gracias. Sobre anoche... –dijo ella incorporándose y cubriéndose con la sábana. –Gracias, te lo agradezco.

¿Le daba las gracias por haberle hecho el amor?

Su gratitud era lo que menos esperaba. Se levantó y, hundiendo las manos en los bolsillos, se acercó a la ventana.

–No es necesario –dijo con los dientes apretados.

Había sido un placer. Un inmenso placer.

Y no quería su agradecimiento, quería que ella lo necesitara tanto como él la necesitaba a ella.

–Claro que sí.

Su sinceridad lo hizo volverse, y ella mantuvo su mirada sin parpadear.

–Quiero que sepas que mantendré mi parte del trato. Seré tu esposa en todos los sentidos, como acordamos.

Pero en su expresión Dario no vio entusiasmo sino el rostro de una mujer hablando de negocios. Sin rastro de pasión. Fue como si el suelo se abriera bajo sus pies, y supo que tenía que salir de allí antes de que dijera alguna estupidez o se pusiera en ridículo dejándole ver lo mucho que la necesitaba.

–Bien –dijo él seco–. Y ahora, si me perdonas tengo asuntos que atender.

Se acercó un momento a la cama y le besó la palma de la mano antes de salir de la habitación, ignorando el susurro de una voz interior que le decía que se estaba dejando llevar por el orgullo. Porque por primera vez deseaba a una mujer más de lo que ella lo deseaba a él.

Era una situación inquietante.

No, era una cuestión de pasión mutua. Y le compensaría por los malos momentos que le había hecho pasar. La cuidaría como ella se merecía, y juró proporcionarle más placer del que había conocido en su vida hasta que llegara el momento de la separación.

Alissa se quedó mirando la puerta cerrada y se le cayó el alma a los pies.

¿Acaso la magia que sintió con él era unilateral? ¿Para él no había sido más que un desahogo físico, similar a los que tenía con tantas otras mujeres?

¿Por qué había despreciado su agradecimiento?

Pero había salvado la vida de su hermana y la noche anterior le había ofrecido el consuelo de sus brazos, sin ningún tipo de compromiso. La había escuchado y la había abrazado, como queriendo protegerla, y ella nunca se había sentido tan cuidada.

Aunque quizá se estaba engañando sin saberlo. Después de todo, ¿qué sabía ella de la intimidad entre un hombre y una mujer? Sólo lo que había aprendido con él. Quizá lo que a ella le parecía extraordinario era lo más normal del mundo.

Sin embargo sus sentimientos eran tan intensos que no podía negarlos.

Por eso tomó la decisión de continuar con el trato, con la esperanza de que al final del tiempo que les quedaba juntos hubieran descubierto el significado de aquellos sentimientos. A pesar de su crueldad, Darío tenía otro lado, un lado tierno, cariño y comprensivo.

Recordó cómo lo sintió estremecerse dentro de ella, y cómo ella, al darse cuenta de que habían olvidado el preservativo, no sintió ningún tipo de pánico. Al contrario, una punzada de alegría.

¿Estaba perdiendo el juicio? ¿Acaso quería quedarse con el hombre dominante que había destrozado su vida?

Era impensable, la receta perfecta para ser una desgraciada, pero sin embargo Alissa sabía que ni podía mantenerse alejada de él ni podía ignorarlo.

Capítulo 13

ERA ÚLTIMA hora de la tarde y la muchedumbre que abarrotaba la plaza mayor del pequeño pueblo siciliano rompió en aplausos cuando el alcalde señaló a Dario y éste no tuvo más remedio que ponerse en pie y saludar.

Alissa había seguido con atención el discurso del alcalde, salpicado de referencias a los proyectos de Dario para rejuvenecer la economía local apoyando los sectores tradicionales como la producción y comercialización de productos típicos como aceite de oliva y cerámica. El alcalde también habló de donativos a colegios y hospitales, y la creación de empresas nuevas en una zona hasta hacía poco económicamente deprimida.

Alissa lo vio saludar y estrechar la mano de muchos de los presentes.

—Es un buen hombre, señora Parisi —dijo un hombre de mediana edad a su lado—. Todos damos gracias por el día que volvió. Con Cipriani estábamos perdidos.

Sorprendida, Alissa se volvió a mirarlo. ¿Se refería al padre de Bianca? ¿Al hombre que se suicidó?

—¿El viejo Cipriani? ¿Por qué lo dice?

El desconocido se encogió de hombros.

–Mejor no hablar mal de los muertos –dijo, y le dio la espalda para estrechar la mano de Dario, que había llegado hasta donde ella estaba abriéndose paso a través de la multitud que se agolpaba para saludarlo.

–¿Lista para irnos, cariño?

El apelativo cariñoso la sorprendió, y más que Dario se inclinara hacia ella con una tentadora sonrisa en los labios y le susurrara al oído:

–La fiesta continuará hasta medianoche, pero si quieres podemos volver a casa y celebrarlo en privado.

Su voz era un ronco ronroneo que la derritió por dentro.

Quince minutos más tarde, Dario conducía el Lamborghini por la serpenteante carretera que seguía la costa con unas vistas espectaculares. Al girar una curva, Alissa vio dibujada contra el cielo salpicado de estrellas la silueta del *castello* Parisi y supo que pronto estarían en casa. Su hogar durante los dos próximos meses, se recordó muy a su pesar. En ningún momento Dario había insinuado que quisiera que se quedara más allá de los seis meses acordados.

–Háblame de Capriani –le pidió ella de repente.

Las manos de Dario apretaron el volante y sus hombros se tensaron al recordar que la había visto hablar con Bianca Capriani.

–¿Qué quieres saber? ¿Si es cierto lo que dicen de que se mató por mi?

–No, sólo quería...

–Vamos, demos un paseo.

Dario detuvo el coche y al apearse Alissa se dio

cuenta de que estaban dentro de su propiedad, cerca del extremo de la playa más cercana al castillo. Él la tomó de la mano y descendieron por el camino de la playa. Allí se quitaron los zapatos y caminaron descalzos por la playa, sin soltarse.

–Cipriani compró la última empresa que le quedaba a mi padre cuando tu abuelo lo arruinó, y yo estaba resuelto a recuperarla, como todo lo demás que había pertenecido a mi familia.

–Bianca dice que le ofreciste una cantidad muy por debajo de su valor.

–¡Qué sabrá ella! Lo único que la hija de Cipriani sabía de la empresa era que mantenía su lujosa forma de vida. Lo que no sabía era que su padre era un ludópata que sacaba dinero de la empresa para pagar sus deudas de juego –explicó él con los ojos en el castillo que se alzaba sobre ellos–. No tuvo más remedio que vender. Si no conseguía un comprador que levantara de nuevo la empresa, las autoridades descubrirían todo el dinero que había robado.

Darío se pasó una mano por el pelo y suspiró.

–Firmó el contrato y después se disparó, incapaz de soportar la pérdida del honor y de mantener a su familia.

Alissa contuvo el aliento y Darío le pasó una mano por el hombro y la pegó a él.

–Pero no lo entiendo. Si tu dinero era para cubrir las deudas, ¿de qué vive Bianca? No parece que pase por problemas económicos.

Darío le pasó una mano por la melena y le apartó unos mechones de la cara.

–Fui generoso para asegurarme de que su viuda no

pasara estrecheces. Su marido había muerto y ella no tenía a nadie. Por lo visto está dejando que Bianca lo despilfarre todo.

A juzgar por la ropa de alta costura que usaba Bianca, Dario había sido mucho más que generoso.

Alissa se puso de puntillas y lo besó en los labios.

—¿A qué ha venido eso?

Ella sacudió la cabeza, sin querer pensar demasiado en su reacción.

—Ven, vamos a sentarnos donde no haya tanto viento —dijo y tiró de él hacia un recodo de rocas que estaba más protegido.

Se sentaron y durante un largo tiempo permanecieron en silencio, cada uno sumido en sus pensamientos.

—Dario —preguntó ella por fin—, ¿por qué es tan importante recuperar todo lo que en el pasado perteneció a los Parisi?

—Prometí recuperar lo que era nuestro —dijo él con los labios apretados.

—¿A quién?

¿A su familia? A pesar del afecto de los isleños, Dario era el hombre más solo que ella conocía. Totalmente encerrado en sí mismo excepto por las pocas ocasiones en que bajaba la guardia con ella.

Cuando Dario no respondió, Alissa sintió que se le cerraba la garganta.

¿Qué esperaba? ¿Que confiara en ella? Después de todo no era su esposa de verdad, sólo alguien que compartía su cama temporalmente. Conteniendo las lágrimas que le llenaron los ojos, apoyó las manos en el suelo y fue a levantarse.

Los largos dedos de Dario le sujetaron la muñeca.

–A mi padre. Se lo prometí antes de morir.

–Lo siento, Dario. Supongo que murió antes de que intentaras recuperar el *castello* de manos de mi abuelo.

Incluso en la obscuridad de la noche su escrutinio fue tan intenso que era como si la tocara.

–¿No te lo dijo?

–Lo único que sé de tu familia es que Gianfranco los odiaba porque un Parisi dejó plantada a su hermana.

Lentamente Dario se volvió a mirar las olas que rompían contra la playa.

–Ocurrió cuando yo tenía siete años. La familia estaba casi arruinada, pero mi padre estaba decidido a recuperar las tierras de sus antepasados, y decidió aprovechar una oportunidad de hacer negocios en el norte de Italia –empezó a relatar él en un tono lúgubre y cargado de tristeza–. El barco en el que zarpamos desde Sicilia zozobró, y no había sitio suficiente en los botes salvavidas. Mi padre me obligó a subirme en uno con mi madre y mi hermano Rocco, y me hizo prometerle que cuidaría de ellos.

Sus palabras resonaron en un silencio tan profundo que Alissa apenas oía el ruido del mar. Sólo el sonido de las palabras chocando con un ruido sordo contra su piel.

–¿Y... y ellos?

–En el bote había tanta gente que no soportó el peso y volcó en alta mar –hizo una breve pausa–. Sujeté a Rocco todo lo que pude, pero no logré salvarlo.

–Tú no tuviste la culpa –dijo ella tratando de comprender la enormidad de su pérdida.

–Tenía que haber podido salvar a uno de los dos, aunque sólo fuera a uno –masculló él abrumado por los recuerdos–. Sus cuerpos nunca se recuperaron.

Alissa se volvió hacia él y lo rodeó con los brazos, en un intento de amortiguar su dolor. Se le rompió el corazón al pensar en el niño que había perdido todos los seres queridos.

Las silenciosas lágrimas que rodaron por sus mejillas empaparon la pechera de la camisa. El cuerpo de Darío estaba totalmente rígido.

–¿Qué hiciste... después?

–Me llevaron a un orfanato en la península. Allí estuve viviendo hasta que tuve edad para arreglármelas solo.

Alissa contuvo la respiración. Jamás había sospechado nada así. Había asumido que Darío había tenido una vida acomodada, pero no fue así, sino todo lo contrario.

–¿Y después?

Tenía que conocer el resto.

–Volví a Sicilia. Empecé a trabajar en el campo, pero enseguida me di cuenta de que se me daban bien los negocios. A los pocos años estaba trabajando por mi cuenta, e incluso contratando gente. Traje a Caterina conmigo. Ella trabajaba en el orfanato y prometió ser mi ama de llaves cuando yo montara mi propia casa.

Al menos había tenido el afecto y el cariño de una persona. Ahora entendía por qué no había querido contarle la verdad de su matrimonio. Porque no quería hacerla sufrir.

–Y culpas a mi abuelo.

–Si él no hubiera arruinado a mi familia, jamás habríamos estado en aquel ferry –masculló él con rabia–. No sólo nos robó el *castello* y el dinero, también me robó a mi familia, y la vida que teníamos que haber tenido juntos. Claro que lo culpo a él.

Ahora lo entendía todo. Ahora entendía por qué la acusó de haberle robado unas oportunidades que debieron ser suyas.

Incluso al pegar el cuerpo rígido al suyo para reconfortarlo y ponerse de rodillas para apoyarle la cabeza en su pecho, Alissa sabía que el consuelo que le ofrecía sólo podría ser temporal. Por mucho que Dario encontrara alivio, desahogo, e incluso placer con ella, para él siempre sería la nieta de Gianfranco Mangano.

A pesar de lo que habían compartido juntos, seguía habiendo entre ellos barreras inquebrantables. Ahora sabía por qué. Dario nunca la miraría sin recordar.

Las esperanzas que había albergado en secreto se hicieron añicos como una frágil copa de cristal.

Dario la pegó a él y algo se derritió en su interior.

Fue el peor momento posible para darse cuenta de que estaba enamorada de él.

Capítulo 14

AHORA no puede ponerse al teléfono, Donna. Está durmiendo –dijo él con una sonrisa al pensar en Alissa, satisfecha y agotada tras una larga noche de amor.

La noche anterior había desnudado su alma con ella, lo que le hizo sentir como un hombre nuevo.

Primero hicieron el amor en la playa y al llegar a casa apenas habían entrado en el dormitorio cuando se arrojaron uno en brazos del otro. El anhelo que sintió no era sólo suyo, Alissa había respondido a su pasión con una desesperación que le dejaba sin aliento.

Alissa era... especial. Era...

–¿Perdona? ¿Qué has dicho?

Las palabras de su cuñada interrumpieron sus recuerdos.

–He dicho que Alissa puede pasar unos días con nosotros cuando vuelva a Australia, antes de instalarse de nuevo en Melbourne.

Dario frunció el ceño.

–¿Qué te hace pensar que volverá a Australia?

–Tranquilo, Dario. No es necesario que sigas fingiendo. Alissa me explicó el acuerdo y sé que tiene ganas de volver a su antigua vida...

Donna continuó hablando, pero él ya no la escuchaba. ¿Qué le había dicho Alissa? ¿Que quería volver a...?

De entre el amasijo de sentimientos y emociones en su interior reconoció uno por encima de todos. Miedo. La idea de perder a Alissa lo aterraba.

Dario alargó un brazo y se sujetó a la esquina de su escritorio, reprimiendo el impulso de lanzar por los aires todos los documentos y contratos que esperaban su firma.

La debilidad pasó rápidamente y él se incorporó, seguro de sí mismo. Estaba acostumbrado a tomar decisiones sobre la marcha y confiar en sus instintos.

–Las cosas han cambiado, Donna. Alissa sólo ira a Australia de vacaciones. Vamos a seguir casados, para siempre.

Alissa se detuvo en la puerta del estudio y se apoyó con estupor en el pomo. No podía dar crédito a sus oídos. Dario tranquilizando a su hermana con mentiras de que iban a seguir juntos.

El júbilo inicial se vio desbancado por el sentido común. El motivo de Dario no era amor. La noche anterior había descubierto que lo único que le importaba era el recuerdo de su familia, y ella lo había amado con una desesperación producto de saber que aquél era el fin de su relación.

Le había prometido quedarse seis meses, pero se había dado cuenta de que no podía destruirse entregándose de nuevo a él y alimentando un amor que no era correspondido.

Atónita, escuchó cómo Dario continuaba diciendo más mentiras a su hermana. Cruzó los brazos y esperó a que colgara el teléfono.

–¿Cómo te atreves a mentirle a mi hermana?

Dario se volvió sorprendido al oír su voz, y rápidamente pareció ponerse a la defensiva.

–La llamada de tu hermana se ha adelantado a una conversación que pensaba tener contigo –explicó él, más relajado–. He estado pensando en nuestro matrimonio y, teniendo en cuenta la situación, creo que deberíamos hacerlo permanente.

Alissa deseó haberse sentado en lugar de enfrentarse a él de pie. Tenía las piernas como mantequilla, y le flaqueaban la rodillas. Se apoyó en la mesa y respiró profundamente.

–¿Qué situación?

–Sé que lo nuestro no empezó bien –Dario ignoró la expresión de incredulidad–. Pero ahora nuestra relación es buena. Te has adaptado bien aquí, y a mí también, a mi forma de vida. Tú y yo nos entendemos.

Alissa se chupó el labio y descubrió el sabor salado a sangre. Se lo había mordido con demasiada fuerza.

–Querrás decir que nos entendemos en la cama –le espetó ella ocultando su angustia.

–Eso no hay ni qué decirlo, *cara*. La pasión que existe entre los dos no es de este mundo –dijo él con una satisfecha sonrisa–. Yo puedo dártelo todo, Alissa. Joyas, dinero, vacaciones de ensueño, no tendrás que volver a trabajar. Yo cuidaré de ti.

–¿Como una mujer mantenida?

¿Aún seguía creyendo que le importaban las cosas materiales? ¡Qué poco la conocía! Ella no quería dinero, sólo a él, y su amor.

–¡No, como mi esposa! –por su forma de decirlo era evidente que para él ése era el máximo honor–. Tú quieres tener hijos, yo también. Sé que serás una madre maravillosa. Quiero que tengamos un hijo, Alissa. Pronto.

Alissa contuvo el aliento. Las palabras de Dario eran toda una tentación. Eran exactamente lo que ella quería, casi suficiente para hacerla olvidar que no la amaba.

–Cualquier mujer puede darte un hijo, Dario. No tengo que ser yo.

Sin embargo quería ser ella. Lo quería desesperadamente.

–Te lo pido a ti, Alissa –Dario rodeó la mesa y se acercó a ella–. ¿Es que no significa nada para ti?

–No es suficiente –masculló ella con los dientes apretados.

–¿Qué? –Dario se irguió cuán alto era y la miró desde su altura–. ¿Qué más quieres? Te ofrezco mi nombre, mi honor. Te prometo una vida de lujo y comodidades. Que seas la madre de mis hijos.

–¿No hay nada más? ¿Ninguna otra razón para seguir casados?

Dario permaneció tanto rato en silencio que Alissa apenas pudo reprimir una risita de nerviosismo y esperanza. ¿Sería posible que la amara, pero fuera incapaz de pronunciar las palabras?

Por fin él asintió con la cabeza.

–Ya sabes que me siento responsable por cómo te presioné y obligué a entregarme tu virginidad y...

–¡No! –Alissa retrocedió y se llevó una mano al corazón.

No quería oír tonterías sobre su «inocencia perdida». Si lo que más sentía por ella eran remordimientos, el matrimonio sería un fracaso.

–Reconócelo, Alissa. Tú me deseas tanto como yo a ti –dijo él en un sensual ronroneo que casi la desarmó.

Alzó la mano para acariciarla, pero ella retrocedió otra vez.

–¡No! Acordamos seis meses, nada más. Después de ese tiempo quiero recuperar mi libertad.

Atónito, Dario arrugó la frente y la miró sin comprender.

–Mientes –dijo él–. Sé que me deseas. Lo veo tu cuerpo.

La rodeó con los brazos y, pegándolo a él, le tomó la boca. Fue un beso breve y duro que dio un vuelco a su mundo y que despertó en ella toda la intensidad de su deseo.

–No puedes ocultar la verdad, Alissa. Eres mía.

Por un instante ella quiso dejarse llevar y aceptar sus palabras, pero se sobrepuso.

–Nos entendemos en la cama, sí, pero estoy segura de que hay muchas mujeres que te pueden satisfacer. Y cuando nos hayamos divorciado, seguro que encontrarás a alguien mejor que yo –dijo ella con un dolor que le desgarraba el alma.

–No lo dices en serio –aseguró él con arrogancia.

–Nunca he hablado más en serio –respondió ella–.

Si me quedo aquí... –su voz se entrecortó y tuvo que darle la espalda para ocultar las lágrimas que le empañaban los ojos. Tras un breve silencio, continuó–. Sabes que nunca quise venir aquí. Y que tampoco quería casarme. Todo fue por una manipulación tuya, y yo no soy un peón en un tablero de ajedrez. Soy una mujer que piensa y siente por sí sola, y que toma sus propias decisiones.

–¿Crees que te estoy manipulando?

–Eso es exactamente lo que parece.

–Crees que quiero controlarte como tu abuelo –la voz de Dario sonó lejana, distante, al otro lado del escudo protector que se estaba poniendo alrededor del corazón–. Eso es lo que me estás diciendo. Que soy como él –confirmó con desazón.

Sin mirarlo Alissa negó con la cabeza. Dario y Gianfranco eran totalmente opuestos.

–Sólo...

–Déjalo, no hace falta que digas más. Ya lo has dejado muy claro –la frialdad y arrogancia en la voz de Dario era la misma que el día de su boda y Alissa se encogió por dentro–. No te detendré. Puedes dar nuestro acuerdo por concluido. Tendrás un coche esperando cuando estés preparada y un billete para el primer avión.

Se hizo un silencio denso que se podía cortar. Y después el ruido de la puerta al abrirse y cerrarse cuando él salió del estudio.

Todo se había acabado.

Las rodillas se le doblaron y se dejó caer al suelo sin fuerzas, envuelta por un dolor insoportable.

Ya tenía su libertad.
Era una triste victoria.

Media hora más tarde, la enorme limusina negra la llevaba por la carretera de la costa, alejándola de Dario.

A través de las lágrimas vio la silueta del *castello* Parisi que se elevaba sobre el promontorio de la playa y pensó que allí estaría para siempre, como una parte permanente de la vida de Dario, mucho después de que él la olvidara.

El pasado había triunfado.

Sólo después de pasarlo, el entumecido cerebro de Alissa empezó a funcionar y entonces se dio cuenta de lo que Dario había hecho. Alejarla de él antes de los seis meses estipulados en el testamento de su abuelo.

Así no podría heredar el castillo.

Él mismo se había privado de la única oportunidad de conseguir el objetivo por el que había luchado toda su vida.

Capítulo 15

DARIO estaba de pie en la playa, con las manos en los bolsillos, contemplando el infinito mar que se abría ante él.

El azul del mar le recordó a Alissa, al color de sus ojos, al movimiento de los iris azules, a la energía con que impregnaba su vida cotidiana. A la pasión que le había ofrecido.

La idea de no volverla a ver, de no contemplar nunca más los destellos de pasión en sus ojos y de no compartir los momentos íntimos que le habían hecho sentir más vivo que nunca, lo hundía en un mar de desazón.

De no haberla conocido, él seguiría siendo aquel hombre distante y poco seguro de sí mismo, aislado por su orgullo y la falta de emociones.

Pero él la había tratado como a una prostituta, le había arrebatado la virginidad con un vil chantaje y utilizado para satisfacer sus pasiones más primitivas, sin tener en cuenta sus necesidades. En ningún momento se detuvo a tratar de averiguar qué era lo que ella quería, asumiendo en todo momento que lo que era bueno para él era también bueno para ella.

Estaba claro que no había aprendido nada. Y al final no había podido ofrecerle nada más que no fuera su estúpida búsqueda de glorias pasadas.

Dario hundió los hombros dándose cuenta de que ella había hecho bien al irse.

Pero a pesar de todo, ya estaba planeando seguirla y luchar por ella. No sabía cómo lo haría, pero no podía rendirse. Tenía que...

–Dario.

Giró en redondo y casi se tropezó con la figura que bloqueaba el sendero a su casa.

–Alissa.

Era ella, estaba allí.

–Dario.

Lo único que quería era que él la abrazara y disipara con sus besos todas sus dudas, que la llevara a aquel lugar que sólo ellos compartían. Pero él no reaccionó.

–He vuelto porque me he dado cuenta de que si me voy nunca podrás tener el *castello* –dijo ella–. Y sé muy bien lo que significa para ti.

Alissa se interrumpió, horrorizada a darse cuenta de lo mucho que quería quedarse, al precio que fuera. Si conseguir el *castello* significaba que Dario conseguiría un poco de paz tras una vida de sufrimientos, estaba dispuesta a tragarse su orgullo y ayudarlo. Y si además eso le daba unas maravillosas semanas más a su lado...

–Será sólo un par de meses. Puedo instalarme en una de las habitaciones de invitados y...

–¡No! ¡No digas eso! Ni siquiera lo sugieras –le

interrumpió él pasándose la mano por el pelo–. Alissa, por favor, quiero que entiendas que nunca volveré a deshonrarte.

¿Deshonrarla? ¿Qué le importaba el honor cuando su corazón se estaba haciendo añicos? El cielo azul siciliano se fue apagando mientras ella luchaba contra la desesperación que le producía la idea de verse lejos de él definitivamente. Casi sin fuerza, levantó un pie y fue a dar media vuelta para alejarse.

–Pero si has vuelto por algún otro motivo, aparte del *castello*...

Alissa se tambaleó y un par de brazos fuertes la rodearon. Dario la apretó contra él y ella cerró los ojos ante la exquisita sensación del contacto de sus cuerpos.

–Pero para ti el *castello* es lo más importante.

–Te equivocas, *cara* –dijo él con la cara hundida en su melena, aspirando su embriagadora fragancia–. Antes sí, pero ahora ya no. Desde que me enamoré.

Alissa oyó las palabras, pero no las acababa de entender. Se volvió bruscamente y se encontró con el cuerpo masculino frente a frente.

–El *castello* es sólo un lugar –declaró él–. Un lugar especial, pero ni de lejos tan importante como tú. Por eso tenía que dejarte marchar. No merece el dolor que has tenido que soportar, viéndote obligada a estar aquí conmigo. Yo quise cumplir la promesa a mi padre, pero él no me perdonaría que para hacerlo destruyera la mujer que adoro.

–¿Me quieres? –no estaba muy segura de que se lo hubiera dicho con aquellas palabras.

–Te quiero, Alissa. Nunca he sentido un sentimiento como éste –le tomó la mano y se la llevó al corazón–. Cinco meses diciéndome que es sólo lujuria, pero desde el primer momento supe que tenía que ser mucho más. Eres la mujer que quiero, fuerte, independiente, cariñosa y amable.

–Y tú eres honrado, y generoso –dijo ella–. Yo también te quiero, pero temí que tú no sintieras lo mismo. Por eso tenía que irme...

La boca de Dario interrumpió la confesión.

Todo estaba en aquel beso, la emoción embriagadora, la pasión compartida, la confianza y la promesa de futuro. Todo lo que ella había soñado. Y más.

–Dímelo otra vez –susurró él sobre sus labios.

–Te quiero, Dario, y no dudaría en poner mi vida en tus manos.

–*Bella* Alissa, por favor, ¿quieres casarte conmigo? Una boda de verdad esta vez, en una iglesia con todos tus amigos y familiares. Quiero que todos me oigan prometerte amor y fidelidad el resto de mi vida.

Alissa no tuvo ninguna duda al responder.

–Sí, Dario, quiero casarme contigo.

Su heredero no podía ser ilegítimo

La noche que Jacob "Sin" Sinclair había compartido con Luccy en su suite terminó de forma inesperada: ¡ella lo dejó de madrugada sin decirle ni una sola palabra!

Luccy se había sentido impresionada por el lujoso ático de aquel sofisticado millonario, y aún se ruborizaba al recordar cómo había sucumbido a una noche de placer exquisito. ¡Pero su vergüenza aumentó cuando se enteró de que se había quedado embarazada!

Sin estaba decidido a encontrarla. No estaba dispuesto a que el heredero Sinclair, el que recibiría todos sus millones, fuera ilegítimo.

Los hijos del millonario

Carole Mortimer

Acepte 2 de nuestras mejores novelas de amor GRATIS

¡Y reciba un regalo sorpresa!

Oferta especial de tiempo limitado

Rellene el cupón y envíelo a
Harlequin Reader Service®
3010 Walden Ave.
P.O. Box 1867
Buffalo, N.Y. 14240-1867

¡Sí! Por favor, envíenme 2 novelas de amor de Harlequin (1 Bianca® y 1 Deseo®) gratis, más el regalo sorpresa. Luego remítanme 4 novelas nuevas todos los meses, las cuales recibiré mucho antes de que aparezcan en librerías, y factúrenme al bajo precio de $3,24 cada una, más $0,25 por envío e impuesto de ventas, si corresponde*. Este es el precio total, y es un ahorro de casi el 20% sobre el precio de portada. !Una oferta excelente! Entiendo que el hecho de aceptar estos libros y el regalo no me obliga en forma alguna a la compra de libros adicionales. Y también que puedo devolver cualquier envío y cancelar en cualquier momento. Aún si decido no comprar ningún otro libro de Harlequin, los 2 libros gratis y el regalo sorpresa son míos para siempre.

416 LBN DU7N

Nombre y apellido	(Por favor, letra de molde)

Dirección	Apartamento No.

Ciudad˙	Estado	Zona postal

Esta oferta se limita a un pedido por hogar y no está disponible para los subscriptores actuales de Deseo® y Bianca®.
*Los términos y precios quedan sujetos a cambios sin aviso previo.
Impuestos de ventas aplican en N.Y.

SPN-03   ©2003 Harlequin Enterprises Limited

Deseo™

A las órdenes del amor

CATHERINE MANN

A pesar de haber participado en las misiones más peligrosas, Kyle Landis no estaba preparado para verse convertido en padre. Pero cuando Phoebe Slater le contó que la niña que tenía a su cargo era hija suya, no encontró razones para dudar de ella. Dado que un Landis jamás eludía sus responsabilidades y pensaba que la familia era lo primero, casarse era la única salida. Pero una vez dicho el "sí, quiero", ¿estaría Phoebe dispuesta a ser la esposa de aquel comandante de aviación en todos los aspectos que Kyle había imaginado?

Comandante, millonario... ¡y padre!

¡YA EN TU PUNTO DE VENTA!

Bianca™

**Comprada por un millón de dólares...
reclamada por conveniencia...**

Cuando Zarios D'Amilo
vuelve a ver a Emma Hayes,
ésta ya no es la adolescente
torpe que había intentado
besarlo, sino una mujer hermosa y segura. ¡Y la desea!

Con el fin de cobrar su
herencia, el playboy italiano
debe contener su carácter
impetuoso y ardiente. Necesita una prometida apropia-
da y Emma necesita un mi-
llón de dólares. De modo
que Zarios aprovecha la
oportunidad. Pero la pasión
no tarda en conducir al embarazo y el trato se les esca-
pa de las manos...

Un negocio para dos

Carol Marinelli